Abenteuerreisen mit Usch

MONIKA HERRMANN

Abenteuerreisen mit Usch

Erlebnisse von zwei alleinreisenden Mädchen/Frauen

Ende 1950 bis Anfang 1980

in verschiedenen Regionen der Welt

Bibliografische Information der Deutschen Nationalbibliothek:
Die Deutsche Nationalbibliothek verzeichnet diese Publikation
in der Deutschen Nationalbibliografie; detaillierte bibliografische
Daten sind im Internet über http//:dnb.de abrufbar.
© 2018 Monika Herrmann
Illustration: Jacqueline, Jakob, Klaus
Design und Layout: Tatjana, Andreas
Herstellung und Verlag: BoD – Books on Demand, Norderstedt
ISBN: 978-3-7528-9008-2

Inhalt

Das vorliegende Buch »Abenteuerreisen mit Usch« zeigt die unbekümmerte Reisefreundschaft zweier Frauen von der Schulzeit bis zum Erwachsenenleben in der Zeit Ende 1950 bis Anfang 1980. Es handelt sich um Erinnerungen an gemeinsame Abenteuerreisen mit einer vor kurzem verstorbenen Freundin.

Voller Verdruss über das Leben im spießig-kleinbürgerlichen Berlin in den Jahrzehnten der Nachkriegszeit machen sie sich – Usch und Monika, genannt Jule – bereits während der Schulzeit unbefangen und unvoreingenommen auf die Reise mit wenig Geld per Anhalter in viele Regionen der Welt.

Trotz gegensätzlicher Charaktere – Usch diszipliniert und kultiviert, zwei Jahre älter und selbständiger, Jule emotionsgeladen und spontan – vereint sie ein unstillbares Verlangen, aus spießigen Familien- und Schulverhältnissen in Berlin auszubrechen in Abenteuer in fremden Ländern.

Bei Usch dominierte vielleicht etwas mehr die Wiss- und Lernbegierigkeit bezüglich fremder Kulturen, bei Jule die Erlebnishungrigkeit und damit der Wunsch, fremde Länder und Menschen auf sich einwirken zu lassen und dem Berliner Schul- und Familienstress zu entkommen.

Quasi unbemerkt entwickelte sich im Laufe der Jahre aus diesen Abenteuerreisen trotz aller Gegensätzlichkeiten eine tiefe, absichtslose, vertraute Freundschaft zwischen den beiden Gefährtinnen. Wenn es um Gefahren ging, denen sie nicht ausweichen wollten, waren beide meist gleichermaßen Feuer und Flamme. Die beinahe grenzenlose Bewunderung für Usch seitens Jule, ihre große Orientierungssicherheit, ob zuhause oder in fremden Kulturen, ihre ungewöhnliche Selbständigkeit und Entscheidungssicherheit ließen echte Streitigkeiten zwischen ihnen gar nicht erst aufkommen.

Anderseits wären die Abenteuerreisen zweier alleinreisender Mädchen bzw. Frauen in fremde Länder, die zum Teil wegen politischer Konflikte schon längst nicht mehr problemlos bereisbar sind, in der heutigen Zeit so kaum noch denkbar, weshalb die Kurzgeschichten auch bei manchen Leserinnen und Lesern auf Interesse stoßen könnten.

Im ersten Teil des Buches ist noch in einigen Stichworten und Skizzen das spießige und beengte Leben vor 1968 in Berlin beleuchtet, das vermutlich mit dazu beigetragen hat, dass sich die beiden Freundinnen mutig und unbekümmert auf ihre Reisen in viele Regionen der Welt gemacht haben.

Vorwort

Ich habe die Geschichten über meine Abenteuerreisen mit meiner Freundin Usch meinen Kindern und Enkelkindern wieder und wieder erzählt, immer unter dem Stichwort »meine Abenteuer mit Tante Usch«, sodass ich auch bei der folgenden Sammlung unserer Reiseerlebnisse bei der Anrede »Tante« geblieben bin.

Meine Tochter Katharina sagte zu mir in frühen Zeiten: »Mum, erzähl mir eine Geschichte von Tante Usch. Du kannst ruhig etwas dazuerfinden, es muss nur spannend sein.« Ich brauchte aber nur selten etwas dazuzuerfinden. Überhaupt stellte ich fest, es ist schwerer – zumindest für mich –, eine Geschichte zu erfinden, als über wahre Begebenheiten und Erlebnisse zu berichten. Über zwei bis drei Jahrzehnte hinweg (etwa zwischen 1957 und 1982/83) haben Tante Usch und ich gemeinsame Abenteuerreisen unternommen, beginnend bereits mit unserem 14. (ich) und 16. (Usch) Lebensjahr.

Ich habe es immer als großen Glücksfall empfunden, dass wir uns für diese Reisen gefunden haben, getrieben beide von den gleichen Sehnsüchten und dem starken Verlangen nach Abenteuern, Ungewöhnlichem, so auch Gefahren, aufregenden Erlebnissen, nach dem sogenannten Thrill oder Kick, aber auch gegen diese unerträglichen Abneigungen: das kleinkarierte, spießige und freudlose Umfeld, die Perspektivlosigkeit einseitiger Lebensorientierung, das eintönige, autoritäre und bürokratische Leben in Berlin. Wir hielten es dort nie lange aus. Die regelmäßige Flucht in das Ungewisse und Neue erschien uns als willkommener und legitimer einziger Ausweg.

Eigentlich waren wir ein Traumteam! Trotz aller Verschiedenartigkeit unserer Charaktere oder vielleicht gerade auch deshalb: Tante Usch (zwei Jahre älter als ich), in frühen Jahren erwachsener, verantwortungsvoller und sozialer, hilfsbereiter als ich. Aber auch stark in sich ruhend, meist (!) besonnen, von ungewöhnlichem und raschem Orientierungssinn in allen Fragen des Lebens und Reisens, allerdings in Bezug auf das andere Geschlecht oft etwas naiv, zu verständnisvoll, wie ich fand, wo es vielleicht nicht angebracht gewesen wäre. Ich, immerhin, in gefährlichen Situationen reaktionsschnell und risikobereit. Wir konnten uns auf Reisen immer rückhaltlos aufeinander verlassen. Die Frage des »Jetzt ist Schluss«, »Aus« gab es nie, vielleicht weil wir uns auf unseren zum Teil recht gefährlichen Reisen ein derartiges Verhalten gar nicht hätten leisten können. Und wir uns dessen auch immer bewusst waren.

Wir ergänzten uns auch mit austauschbaren Rollen. Mal war ich die Mutige, mal sie die Treibende. Meistens siegte der gemeinsame (oft auch sehr gefährliche) Wunsch nach noch größeren Abenteuern und Risiken.

Ich hatte immer mal vor, die Geschichten über unsere Abenteuerreisen aufzuschreiben. Ich kam aber irgendwie nie dazu. Jetzt ist Tante Usch tot (nach langwieriger Krankheit und abruptem Tod).

Einmal hat Tante Usch zu mir gesagt: »Weißt du, Moni, dass ich mich in Gedanken fast täglich mit dir unterhalte?« Ich war sehr überrascht, aber auch sehr beglückt. Nie hat ein anderer Mensch etwas so Nettes zu mir gesagt. Ich war auch deshalb so erstaunt, da Usch sonst ein eher verschlossener Mensch war und nur selten über Gefühle sprach. Jetzt bin ich es, die täglich an sie denkt. Vielleicht hilft es mir, mich gleich mal hinzusetzen und alles niederzuschreiben, was mir über unsere Abenteuerreisen noch einfällt.

Als mich meine Enkeltochter Yasmin (neun Jahre alt)

beim Schreiben überraschte, diktierte sie mir folgenden Text: »Tante Usch war ein guter Mensch. Ich möchte auch einige Worte über sie beitragen. Ich kannte Tante Usch nicht persönlich. Alle Menschen müssen mal sterben, aber jeder hatte mal ein gutes Abenteuer. Tante Usch, die Freundin meiner Oma, war sehr lebenslustig und hat viele Abenteuer erlebt. Wenn ich ihre Geschichten lese, dann ist sie für mich wie eine Art Legende (woher kannte Yasmin dieses Wort?). Auch wenn sie nicht mehr da ist, ist sie mir ganz nah und bleibt immer in unseren Herzen.«

An dieser Stelle möchte ich mich noch bei meinen Enkelkindern Jacqueline, Jakob, Madeleine, Julia, Yasmin, Anne und Tom dafür bedanken, dass sie mir immer so aufmerksam und erfreut gelauscht haben, ich brauchte daher nur selten Geschichten vorzulesen – was ich nicht so gerne mache –, und dass sie auch einige hübsche Bilder zu meinen Geschichten gemalt haben.

Ich bedanke mich auch bei meinen Freundinnen Katrin und Liuba sowie bei meiner Tochter Katharina für hilfreiche Anregungen zum Text. Für Design und Layout bedanke ich mich bei meiner Tochter Tatjana und meinem Schwiegersohn Andreas.

Das spießige Leben in Berlin vor 1968

Wenn ich von meinen Abenteuerreisen mit Usch im Bekannten- oder Familienkreis erzählt habe, wurde ich damals immer wieder gefragt, um was für spießige und eintönige Lebensverhältnisse es sich denn gehandelt hätte, denen wir unbedingt entfliehen wollten.

Heute, wo solche Reisen schlicht kaum noch möglich sind, haben sich auch die damaligen Spießigkeiten wesentlich erträglicher gestaltet, nicht zuletzt dank der gravierenden gesellschaftlichen Veränderungen seit den legendären Jahren 1967/68. Da sich spätere Generationen oft kaum noch vorstellen können, wie beengt und spießig die Lebensverhältnisse im Nachkriegsberlin waren und wie wichtig es gerade deshalb ist, für die in den letzten Jahrzehnten gewonnenen Freiheiten und Rechte zu kämpfen und gegen Unterdrückung in jeder Form einzutreten, hier einige Stichworte zu unserem Leben in Berlin in der Zeit bis 1967/68.

Usch war das jüngste von drei Mädchen. Sie hatte insofern eine schwere Jugend, als ihre Mutter sehr kränklich war (oder dies immer wieder behauptet hat, obwohl sie 97 Jahre alt wurde) und sich durch drei Mädchen in den Kriegs- und Nachkriegsjahren (Zweiter Weltkrieg) total überfordert fühlte. Usch war deshalb schon zu Beginn ihrer Schulzeit an eine Pflegefamilie fortgegeben worden. Aus Bequemlichkeit wurde sie – die ohnehin schon zu spät in den Nachkriegswirren und wegen des Umzugs aus Magdeburg eingeschult worden war – von der Pflegefamilie gezwungen, die erste Schulklasse zweimal zu absolvieren, da sie mit der Tochter des Hauses immer gleichzeitig zur Schule gehen und zurückkommen sollte. Jahre später, als sie es bei der Pflegefamilie nicht mehr aushalten konnte, ist

12

sie dann aus der Pflegefamilie getürmt und zu ihren leiblichen Eltern zurückgekehrt, ob die nun wollten oder nicht. Usch war also immer zwei Jahre älter als der Durchschnitt ihrer Klasse. Nur so konnte ich mir später erklären, dass sie sich in der Schule viel gelangweilt hat und entsprechend hart ums Überleben kämpfen musste, um nicht notenmäßig weiter abzurutschen oder gar sitzen zu bleiben.

Ihre um etliche Jahre ältere Schwester Lore wurde Lehrerin und mochte Mädchen/Frauen wie viele zu jener Zeit keinerlei oder wenige Fähigkeiten zugestehen. Sie verwies auf fehlendes logisches Denken, fehlende Kreativität usw. Auf meine bohrende und verzweifelte Frage »Gibt es denn nun gar nichts ...« rang sie sich nach langem Zögern und Nachdenken »Emotionalität« als einzige bemerkenswerte Eigenschaft ab.

Meine kurzfristigen Ambitionen, später Jura zu studieren, kommentierte sie mit den Worten »Das kannst du gar nicht, weil du als Mädchen gar nicht logisch denken kannst«. Als ich ihr widersprach, sagte sie reichlich heftig: »Ja, vielleicht schaffst du es, aber nur weil du alle Gesetze auswendig lernen wirst.«

Usch hörte sich derartige Behauptungen eher aus einer gewissen Distanz an und schaltete auf Durchzug. Zweifellos trugen ihre schwierigen Lebensverhältnisse dazu bei, dass sie bereits in früher Jugend ein ungewöhnliches Maß an Selbständigkeit und Orientierung erlangte.

Meine mütterliche Familie kam aus einfachen kleinbäuerlichen Lebensverhältnissen in Bütow, Pommern. Darüber wurde wenig erzählt. Immerhin ging eine an einem Horn schwer verletzte Kuh, die sie in jungen Jahren oft allein an Hang und Wiese weiden musste, meiner Tante Elke nie aus dem Sinn. Sie glaubte fest daran, den Kopf stundenlang hochhalten zu müssen, damit sie nicht verblutete.

Meine Oma Berta Auguste – ihre Schwester wurde von ihrem leider etwas verdepperten Vater unter dem gleichen Namen am Standesamt angemeldet, erhielt dann aber eine andere Betonung nämlich Auguste Berta – hatte ein schweres Leben. Sie bekam sieben Töchter und einen Sohn. Letzterer war von sanfter Natur und verstarb früh. Ihr Mann – angeblich hatte er auf der Straße zu ihr gesagt: »Dies soll min Fru wäre?« (werden) – »und sie wurde es auch«, wie meine Oma oft stolz erzählte – starb bereits mit Anfang 40. Auf der Flucht nach Berlin zog sie sich 1944 ein schweres Rheumaleiden zu und wiederholte in regelmäßigen zeitlichen Abständen den Satz »Ich möchte auf den Friedhof«, weshalb ich dann ihren Mantel holte und sagte: »Also komm, Oma, gehen wir.« Oder ich holte einen Löffel mit Puderzucker und sagte zu ihr: »Ein Happs, Oma, das geht ganz schnell.« Das war ihr aber nun auch nicht geheuer.

Für ihre sieben Töchter war das wichtigste Ziel eine »gute« Heirat.

Meine Mutter erzählte, dass sie in Berlin zu wem auch immer zu Besuch gekommen war. Rasch lernte sie dort meinen Vater kennen, blieb dort länger als ursprünglich vorgesehen und wartete auf den ersehnten Heiratsantrag. Geld hatte sie kaum. Angeblich konnte sie sich deshalb jeden Tag nur ein Brötchen leisten. Endlich der Heiratsantrag! Jetzt konnte sie wieder zurück nach Bütow reisen und sich satt essen. Heirat war alles. Später sagte sie mal: »Jeden Morgen wache ich erleichtert mit dem Gefühl auf: Ich bin versorgt.«

Der Preis war meines Erachtens hoch. Während sie in den Nachkriegsjahren noch sehr rührig, geradezu ein Wirbel an Aktivität war – sie brachte viele Verwandte aus Pommern nach deren Flucht in der Berliner Wohnung (ihrer

Schwiegermutter) unter, auch das sogenannte Hamstern bereitete ihr nach Kriegsende großes Vergnügen –, fiel sie Jahre danach eher in Freudlosigkeit und Passivität. Was immer ich sagte, keinerlei mögliche (Freizeit-)Betätigung konnte Interesse bei ihr auslösen. Schon in relativ jungen Jahren sagte sie immer: »Dazu bin ich zu alt.« Zu meinem Leidwesen hatte sie nie Geld bei sich, wenn wir beide mal irgendwo unterwegs waren, was damals noch sehr selten vorkam. Es gab aber von ihrer Seite einen riesen Aufstand, als eine arme Witwe aus dem Hinterhaus, die sich gerade etwas Geld bei ihr geborgt hatte, mir davon mal ein Eis kaufte.

Ich vermute aber, dass die vierjährige Betreuung meiner ältesten Tochter eine der wenigen Freuden in ihrem Leben war. Das Verhältnis zu mir war bis kurz vor ihrem Tod immer angespannt. Es war mir unerfindlich, weshalb sie offenbar ständig von Angst besessen war, ich könnte irgendwie »abrutschen« oder vom geraden Wege abkommen.

In der Grundschule änderte sich – ohne erkennbaren Grund – häufig der Schulbeginn, mal morgens um 8.00 oder 9.00 Uhr, mal mittags um 12.00 oder 13.00 Uhr. Ich hatte offenbar nicht richtig zugehört und kam mittags in der Schule an, als der Unterricht bereits zu Ende war. Zum großen Leidwesen meiner Mutter musste ich darüber auch noch lachen, was sie zu brutalen hysterischen Schlägen veranlasste. Der Tick, ich könnte irgendwo zu spät kommen, befällt mich heute noch gelegentlich. (Andere Lieblingsstrafen waren u.a. im Keller eingesperrt zu werden, im kleinen Zimmer oder auch unter dem Tisch – das Schlimmste.) Ich war allerdings etwas überrascht, dass meine Freundin Renate aus dem Hinterhaus aus dem gleichen Grund nicht bestraft wurde.

Die Kinder unserer Straße hatten eines Tages beobach-

15

tet, dass Amerikaner sogenannte Chewinggums verteilten. »Alle« Kinder aus der Nachbarschaft rannten hin, auch ich und meine kleine Cousine, die damals noch mit ihren Eltern bei uns wohnte, und baten um Chewinggums. Zur Strafe sollte meine kleine Cousine deshalb 1.000 Kniebeugen machen. Schon nach den ersten Kniebeugen tropften ihr die Tränen aus den Augen. Wie viele Kniebeugen sie dann noch geschafft hat? Weiß ich nicht, da ich ja in der Küche derweil von meiner Mutter mit dem Klopfstock versohlt wurde. Aber nicht so brutal und hysterisch wie sonst gelegentlich, etwas entspannter, vielleicht weil es eine gemeinschaftliche Tat der Familie war.

Tante Elke, Tante Traute, Schwestern meiner Mutter, und meine Oma (bis zu ihrem Tod) schliefen (und wohnten) Jahre und zum Teil jahrzehntelang im ersten Wohnzimmer nahe der Wohnungstür in der Berliner Wohnung in Schöneberg. Ich lag selber jahrelang am Fußende im Bett meiner Tante Elke. Dort fühlte ich mich wohl, machte hier meine Schularbeiten, während ich gleichzeitig aufmerksam den Erzählungen der Erwachsenen lauschte.

Berufstätigkeit war in der Nachkriegszeit für die meisten verheirateten Frauen, so auch in unserer Familie, undenkbar. Obwohl die jüngste Schwester Ethel noch mit über 50 Jahren eine Ausbildung als Denkmalpflegerin absolvierte, kam eine Berufstätigkeit für sie überhaupt nicht infrage. Ihre Begründung: Ich kann doch keinem anderen Menschen (Mann) einen Arbeitsplatz wegnehmen. Das rächte sich nach dem Tode ihres Mannes allerdings insofern, als sie mehr oder weniger über keinen eigenen Bekannten- oder Freundeskreis und auch sonst kein eigenes Betätigungsfeld verfügte.

Tante Anni, eine Schwester, mit der meine Mutter in ihrer Jugend besonders viel Zeit verbracht hat, hatte einen Mann

16

jüdischen Glaubens geheiratet. Sie hatte Glück, dass sie mit ihrem Mann und ihren vier Kindern noch in »allerletzter« Stunde über Marseille nach Rio auswandern konnte. Ihr Mann, von Beruf Rechtsanwalt in Pommern, hat dann zunächst jahrelang als Teppichhändler gearbeitet. Ihr Leben und ihre Gedanken kreisten dort vor allem um Fragen des nackten Überlebens, des häufigen Beklautwerdens (z.B. der letzten wertvollen Gegenstände aus der Heimat) und der Verhütung von Schwangerschaften, wie meine Tante Anni mir erzählte.

Das größte Drama für die Familie, vor allem aber für ihren Vater, veranstaltete allerdings Tante Friedel, die zweitälteste Schwester meiner Mutter. Ihr Vater (mein Opa) hatte das Geld für die Mitgift bereits in Möbel und Hausrat angelegt, nachdem sie und ein Lehrer aus Bütow ihre Verlobung bekannt gegeben hatten und auch schon Nachwuchs unterwegs war. Angeblich wegen einer hohen Verschuldung löste der aber die Verlobung, um eine reiche Fabrikantentochter zu heiraten. Es gelang dem Opa offenbar mit viel Aufwand, Aufklärung der Braut und deren Eltern u.a., die Heirat zu verhindern. Der Beinahe-Ehemann hat sich kurze Zeit später erschossen, aber auch mein Opa war schwer angeschlagen und hat dieses Drama nicht lange überlebt.

Tante Friedel heiratete später einen Bäcker und zog mit ihm in eine Flüchtlingssiedlung nach Lohne (Westdeutschland). Bei der Heirat musste sie allerdings versprechen, dass seine Familie nie etwas von ihrem zwischenzeitlich geborenen Sohn erfahren dürfte. Der wuchs dann bei meiner Oma Berta Auguste auf ohne Kontakt zu seiner Mutter. Die sang übrigens gerne das Lied »Wenn du denkst, du hast ihn, springt er aus dem Kasten«, wen wundert's.

Tante Hedwig, die älteste Schwester meiner Mutter, fand

dann glücklicherweise nach Jahrzehnten langer Arbeit in einem Krankenhaus als Krankenschwester (die Nachtarbeit, in der sie sich das Rauchen angewöhnte, war für sie schier unerträglich) einen Ehemann, mit dem sie nach Goslar zog. Er erzählte überall und mit großer Begeisterung herum, dass sie noch mit rund 43 Jahren »unschuldig« gewesen sei.

Alleinstehenden Frauen ging es oft noch schlechter. Tante Elke, eine jüngere Schwester meiner Mutter, war früh geschieden. Lehnte aus Stolz jegliche finanzielle Unterstützung von Seiten ihres bald wieder verheirateten Mannes ab, der darüber vermutlich sowieso nicht begeistert gewesen wäre. Sie arbeitete bis zu ihrer Verrentung (extrem kleine Rente) in einer Fabrik und hat dort täglich acht bis zehn Stunden (?) lang unermüdlich Linsen geschliffen, weshalb sie Ackerelse genannt wurde. Da sie von meiner Mutter unterstützt wurde, kaum Miete bezahlte, kam sie über die Runden.

Tante Traute, die von ihren Freunden zu ihrem Kummer nie geheiratet wurde, fand eine Ausbildungsstätte bei einem Zahnarzt. Zu einem Hungerlohn. Regte sich aber zu meinem Erstaunen oft über Gewerkschaftsarbeit und Streiks auf. Immerhin fand sie ein Wirkungsfeld im Heimatverein von Bütow/Pommern und hat auch durch einen Lottogewinn im höheren Alter ein angenehmes Leben führen können, auch wenn sie das Geld überwiegend bei ihrer Schwester in Rio verjubelt hat. Sie war immer irgendwie angestrengt und angespannt. Eine richtige Unterhaltung zwischen uns kam wegen mangelnden Interesses auf ihrer Seite nie zustande. Einmal hat sie mich in Bonn besucht. Dabei hat sie mich dann unverhofft angeschrien, ob ich mich nicht schämen würde, dass ich berufstätig sei, obwohl verheiratet und mit Kind.

18

Wenn ich auch die Zeit abends meist bei meinen Tanten und meiner Oma im Zimmer verbrachte, schaltete ich zuhause tagsüber überwiegend auf Durchzug. Hörte nichts und antwortete nicht. Wurde deshalb frühzeitig Jule oder Suschen genannt, was einen permanent schläfrigen und vertrottelten Eindruck widerspiegeln sollte. Als Einzelkind träumte ich aber damals schon früh vor mich hin, von allem Möglichen ... sehr bald auch schon von Abenteuerreisen.

In den ersten Jahren auf der weiterführenden Schule – zunächst reine Mädchenklasse, die wegen diverser Turbulenzen und verschiedener Vorkommnisse (siehe weiter unten) nach einigen Jahren aufgelöst wurde – litt ich zunächst sehr darunter, dass ich von unserem damaligen Klassenlehrer (Deutsch und Musik) unter den rund 40 Mädchen so gut wie gar nicht wahrgenommen wurde und auch meist schlechte Noten erhielt. Die angeblich zehn besten Schülerinnen wurden in Sterne eingeteilt: Hauptstern, Stern zwei, Stern drei bis etwa Stern zehn). Ich war so unscheinbar, dass ich da ganz rausfiel. Prompt bekam ich vor wichtigen Klassenarbeiten häufig Migräne.

Erst als ich die Note Vier im Fach Musik bekommen habe, fing ich an mich zu wehren; d.h., ich fing schrecklich zu heulen an. Viele in der Klasse haben zu meinem Erstaunen solidarisch für mich mitprotestiert. Als ich mich ans Klavier setzte und auswendig Paul Linckes »Glühwürmchen« spielte, was ich gut konnte, wenn auch nur eines der wenigen Stücke, die ich auswendig kannte, hat unser Klassenlehrer dann die Note Vier auf dem Zeugnis durchgestrichen und daraus eine Drei gemacht. Immerhin! Mein erster kleiner Erfolg auf der weiterführenden Schule.

Aber erst durch die späteren Reisen mit Usch per Anhalter, von denen wir regelmäßig verändert zurückkehrten, selbstbewusster, erfahrener, kenntnisreicher und sicherer im Auftreten, konnte ich mir in der Klasse eine bessere Position erobern. Dazu hat auch die einzige Reise beigetragen, die ich anhand eines von einem Onkel geschenkten Kunstbuchs nach Nizza (Kirche von Henri Matisse), nach Ronchamp (Chapelle de Ronchamp, Le Corbusier) und nach Belfort (Kunstmuseum, Bilder von Fernand Léger) allein per Anhalter unternommen habe. Selbst bei meinem verhassten Deutschlehrer (später Philosophie) konnte ich mir nun durch kritische Bemerkungen Respekt verschaffen.

Zunächst gab es aber auch immer wieder Rückschläge. Als die Klassenarbeiten bereits ausgeteilt waren, ich aber meine Arbeit noch nicht zurückerhalten hatte, musste ich mich zwar höchst ungern, aber wohl notgedrungen bei meiner neuen Deutschlehrerin Dr. Gammler danach erkundigen. Meine Arbeit war angeblich als schlechteste Arbeit der Schuldirektorin von drei Arbeiten, gut, mittel, schlecht, vorgelegt worden. Unsere Lehrerin erklärte mir einigermaßen gequält, aber reichlich ausführlich, dass ich nur Klassenarbeiten schreiben könnte, wenn wir vorher den Text in der Klasse z.B. über die Nibelungensage oder Ähnliches durchgesprochen hätten. Aber selbständig zu einem Thema etwas schreiben???? Das ginge eben nicht usw. Als ich meine Klassenarbeit später zurückerhielt, hatte ich die beste Arbeit von allen. Dazu schwieg ich. Ich traute mich gar nicht etwas zu sagen. Die negativen Worte der Lehrerin saßen eh tiefer.

Ich zog es daher nicht selten vor, in der Schule vor allem in den Nebenfächern vor mich hin zu träumen, von allem Möglichen, bald aber hauptsächlich von Abenteuerreisen. Oft hatte ich insbesondere im Erdkundeunterricht einen Atlas auf den Knien und überlegte vor mich hin, wo wir

20

als Nächstes hinreisen könnten. Wir waren so viele in der Klasse und ich saß eh weiter hinten, da fiel mein Träumen auch weiter nicht auf.

Dass ich mich allmählich in den Hauptfächern aufgepäppelt hatte (in den Nebenfächern wurde dann meist nachgezogen), war aber mein Glück, sodass ich wenigstens an der häuslichen Front etwas Ruhe bekam. Meine Mutter war offenbar von großem, eigentlich unerklärlichem Ehrgeiz erfüllt, und zwar von der rein oberflächlichen Variante: Studium, Doktortitel, hohe berufliche Position, Reichtum und natürlich: Fahrt mit der Kutsche durch Berlin als Ehefrau an der Seite eines prominenten Politikers (Willy Brandt war damals das Idol vieler Mütter und Hausfrauen) mit ondulierten Haaren und schickem Kostümchen usw.

Woher das kam? Habe ich nie erfahren. Ich weiß es schlichtweg nicht. Angeblich waren, wie meine Tanten nach dem Tod meiner Mutter durchblicken ließen, meine Abstammungsverhältnisse väterlicherseits unklar. Ich wurde erst nach langjähriger Ehe in den Kriegswirren geboren. Meine Mutter stand spürbar immer irgendwie unter Druck. Wenn schon Kuckuckskind, dann aber bitte schön nicht auch noch missraten (vielleicht so).

Spätestens als Jugendliche begann ich gewisse Aggressionen zu entwickeln, die ich in der Schule eher unterdrückte, aber in der häuslichen Atmosphäre bei meinen Tanten oder meiner Mutter durchaus ausleben konnte. Ich stellte die Leiter im Flur immer so, dass ich ihr notfalls im richtigen Moment in Richtung Tanten einen Schubs geben konnte. Ich nahm auf dem Ofen sitzend meiner Mutter den Klopfstock weg und schlug zurück (danach war mit Schlagen endgültig Schluss). Ich konnte mich wild auf meine Tanten (vor allem die Mutter meiner Cousine, Tante Ethel) stürzen, wenn sie mal wieder irgendwelche Gemeinheiten oder Lügen über mich verbreitet hatten. Ich trug oft einen Kugelschreiber in der Hand, sozusagen im Anschlag.

Ich erwähne diese Seite an mir, weil sie uns auf unseren Reisen, insbesondere bei größeren Gefahren, gelegentlich auch »gerettet« hat oder zumindest von Nutzen war. Vieles hat eben gute und schlechte Seiten, je nach Opportunität.

In der Schule genoss ich die »Gemeinheiten« der Klassenmitschülerinnen gegenüber LehrerInnen (oft fast der ganzen Klasse) aus tiefstem Herzen und mit großer Freude, hielt mich selber aber meist bedeckt. Besonders unser Religionslehrer wurde sehr gequält. Während mehrere Mädchen von außen die Klassentür zuhielten, nachdem sie mit dem Klassenbuch (Vermerk!) vorher aus der Klasse rausgelaufen waren, wurde er von innen mit übereinandergestapelten Tischen und Stühlen eingebaut und musste dann unter den Tischen wieder ins Klasseninnere zurückkriechen. Traute sich aber nicht, den Vorfall zu melden. Fromm eben!

Auch der Geschichtslehrer war oft die Zielscheibe von Hänseleien und Streichen von Mitschülerinnen. Ich erinnere mich noch gut, wie er in einer Unterrichtsstunde ununterbrochen angesungen wurde mit »Deine schönen blauen Augen« oder so ähnlich. Darüber hinaus wurde er über längere Zeit hinweg mit einem Spiegel geblendet. Vor lauter Wut erklärte er uns, dass wir Mädchen doch eigentlich keinen Anspruch auf Geschichtsunterricht hätten, da wir doch gar keinen Anteil an der Geschichte hätten. Wir haben nur gelacht. Schließlich waren wir doch gerade die Opfer!

Die Spiegelgeschichte hatte aber für mich ein kleines Nachspiel. Als der Lehrer die Geschichte mit dem Spiegel mitbekam, drückte die »schuldige« Mitschülerin mir schnell den Spiegel in die Hand, sodass ich damit aufflog.

So wenig ich mich traute, mich aktiv an Gemeinheiten zu beteiligen (so sehr ich sie auch zu meiner Schande, aber ohne Bedauern genossen habe), so wenig traute ich mich nun zu petzen. Mitgehangen, mitgefangen. (So wie manche sogenannte oder tatsächliche »Terroristinnen«, die sich bekanntermaßen auch in Loyalitätskonflikte verwickelt haben!)

Allerdings schrie mich mal eine Lehrerin (Englisch), als die Klasse mal wieder außer Rand und Band war, zu meiner größten Überraschung an: »Du brauchst gar nicht so auf brav zu tun und mit gefalteten Händen so dasitzen.« (Sie machte mich nach.) »Man kann doch sehen, wie sehr du dich freust und den Teufel in den Augen hast.« Hat sie, glaube ich, wirklich gesagt.

Nur einmal habe ich mich aktiv beteiligt, vielleicht auch nur mit Aufhetzen. Wenn ich daran denke, wird mir heute noch schlecht. Es war unsere Abschiedsfete in der Schule. Wir, ohnehin reichlich angetrunken, haben eine leere Flasche aus dem vierten Stock auf zwei Lehrende geworfen und hätten sie beinahe getroffen! Dieses Gefühl, wenn eine Flasche so unerwartet langsam vom vierten Stock auf die Straße herunterfällt, die Lehrenden nichts ahnend immer näher kommen … da kann man/frau schon vor lauter Schreck ohnmächtig werden. Ging gerade noch mal gut, allerdings wurde das Bein einer Lehrerin von einigen Glassplittern berührt.

Richtig schlimm wurde es in der Schule, wenn **Schülerstreiche** in die **Nähe der Traumata jener Zeit** rückten. Aus Quatsch malte mal ein Junge meiner Klasse einen kleinen Haken an ein Kreuz. Sofort brach eine große Hysterie in der Schule aus und wir mussten stundenlang Referate zur unrühmlichen Vergangenheit unseres Landes in der Aula über uns ergehen lassen.

Die **studentischen Proteste** gut ein halbes Jahrzehnt später an den Berliner Universitäten, für mich vor allem im Jahr 1967 an der Freien Universität (FU), waren vor dem Hintergrund rigider Regeln an Schulen und Universitäten für viele von uns **ein einziger Rausch der Befreiung.** Als besonders schrecklich hatte ich – und viele andere vermutlich auch – das stundenlange schweigend zu ertragende, anonyme Zuhören in Vorlesungen (ich denke da z.B. an die vier Stunden Volkswirtschaftslehre (VWL) am Montagvormittag) empfunden, oft in überfüllten Hörsälen.

Plötzlich wurden die Türen zu den Hörsälen an der FU aufgerissen, die Vorlesungen unterbrochen: »Alle raus und hin zur Aula, Rudi Dutschke hält dort in Kürze eine Rede.« Dann in der Aula: »R.D. ist schon im Anmarsch, er ist am Flughafen Tegel angekommen ... er betritt jetzt das Universitätsgelände ...« oder so ähnlich. Die Stimmung in der Aula war einzigartig, wenn mir auch R.D. mit seinen ideologischen, irgendwie östlich angehauchten demagogischen Reden nicht besonders gefallen hat. Egal. Es war alles toll, die vielen Versammlungen und Demonstrationen auf dem Universitätsgelände, egal wofür oder wogegen, später auch in der Berliner Innenstadt: »Schütz«, (Oberbürgermeister), »wir kommen« usw. Dass dabei gelegentlich auch Steine auf Autos am Straßenrand fielen, war mir damals total egal, ich bin nicht sicher, ob es mich nicht gelegentlich auch mit Schadenfreude oder so ähnlich erfüllt hat. Nur in der Zeit nach dem Sechstagekrieg 1967 Israel gegen drei arabische Armeen (Besetzung palästinensischer Gebiete) breitete sich unter den offenbar zahlreichen arabischen Studenten (gelegentlich mit eigenen Demos) große Trauer aus. Der verlorene Krieg war schlimm, aber bereits nach s e c h s Tagen zu Ende und verloren – das war für viele eine Katastrophe, wenn nicht gar Schande. Fouad Shams el Dine, aus dem Irak, der mir Nachhilfeunterricht in VWL gab – sein Arm war der einzige gewesen, der hochging, als ich am Ende einer Vorlesung fragte, wer bereit sei, sich mit mir auf die Prüfung in Volkswirtschaftslehre vorzubereiten – brach jedenfalls, wie einige andere auch, total zusammen und versaute sich damit eine wichtige Prüfung, die gerade anstand.

Mein Vater konnte mir immer tief in die Seele hineinschauen. Ich erinnere mich noch, als er mich zu einem Reisebus begleitete, wie er mich angefleht hat: »Kind, du wirst doch keine Terroristin werden.« Ich musste herzhaft lachen. Gottlob hatte ich ja andere Möglichkeiten, meine Gefühle und Aggressionen auszuleben.

Im Übrigen rechnete ich mir keinerlei Chancen in einer der bekannten Berliner Studentengruppen aus, schon gar nicht in einer »terroristisch« angehauchten. Ich glaubte dort als Frau – vermutlich nicht ganz zu Unrecht – gar nicht ernst genommen zu werden. Meinen einzigen kleinen Erfolg hatte ich aber doch, und zwar bei einer arabischen Studentengruppe. Als diese zu einer Gegendemonstration mit Plakaten (wofür oder wogegen auch immer) in und um die Räumlichkeiten der Wirtschafts- und Sozialwissenschaftlichen Fakultät (WISO-Fakultät) der Freien Universität (FU) herum aufmarschierte, ging ich zu dem Anführer der Demo und erklärte ihm, dass ich den Anführer der anderen Demo gut kennen würde (ein alter Bekannter von Usch, die ja immer mal wieder aus ihrer mitleidsvollen Seele heraus irgendwelche »Bekloppten« um sich scharte), er ein totaler »Idi« sei und dass es sich wirklich nicht lohnen würde, gegen ihn zu demonstrieren, da reine Zeitverschwendung usw.

Mit Erfolg. Meine Worte waren offenbar so überzeugend, dass sich die Gruppe sofort auflöste und zerstreute und

25

die Demo beendet war. Mein kleiner Erfolg (aus meiner Sicht) hatte weniger etwas mit meiner Bekanntschaft mit Fouad zu tun, der mich allerdings überall mitschleifte, wo gerade was los war, der immer wusste, zu welcher Zeit und an welchem Ort Action anstand und Personen wilde Reden schwingen würden. Für mich einfach toll. Absolut Highlife.

Dass ich etwas Kontakt zu arabischen Kreisen fand (und weniger zu den selbstherrlichen männlich dominierten deutschen Studentengruppen) hing vermutlich damit zusammen, dass Usch und ich vor allem in Marokko/Casablanca oft stundenlang mit arabischen Studentengruppen über Gott und die Welt, insbesondere aber auch über Karl Marx, diskutiert haben. Ein Marokkaner behauptete ernsthaft, dass er das »Kapital« von Karl Marx auswendig kenne. Wir waren echt beeindruckt. Ich selber kam kaum über das Schlagwortregister hinaus. Die Begriffserklärungen auf den letzten Seiten des Buches beherrschte ich allerdings später perfekt, weil dies unumgänglich für gewisse Prüfungen war.

Mit dem bestandenen Examen war meine vorher monatelang anhaltende Euphorie und Begeisterung für Demonstrationen und Highlife aus unerfindlichen Gründen abrupt wie weggeblasen, obwohl meine Erleichterung über die bestandenen Prüfungen sehr groß war. Ich hatte lange Zeit nichts für das Studium getan, hatte mich stattdessen im Rahmen der sogenannten Berlin-Begegnungen, organisiert vom Berliner Senat und vom Deutschen Gewerkschaftsbund (Stadtführungen durch Berlin, Fahrten entlang der Mauer, Fahrten zu Gedenkstätten des Widerstands, z.B. Plötzensee für Gäste aus Westdeutschland), engagiert. Wenn ich von meinen Begrüßungsansprachen vom anderen Ende der Stadt erschöpft in die letzte Vorlesungsstunde VWL in Dahlem kam, war vielleicht noch so etwas wie dx und dy an meinen Ohren vorbeigeflogen, aber kaum mehr. Gottlob war Fouad ein äußerst strenger Lehrmeister. Wieder und wieder hat er mich abgefragt. Besonders mit dem sogenannten Cournotschen Punkt hat er mich gequält. Trotz einiger freiwilliger Wissenslücken (ich konnte manches einfach nicht mehr hören) hatte dann aber dank Fouad doch noch alles gut geklappt (auch sein Examen).

Dennoch hatte ich aus unerfindlichen Gründen nach bestandenem Examen schlechte Laune. Fouad meinte dazu nur lakonisch: »Du kannst einem auch jede Freude vermiesen.«

Ich stürzte mich dann erst mal in eine tolle monatelange Reise Richtung Indien mit Usch, die mittlerweile in Minnesota ihr Examen bestanden hatte. Danach kehrten wir beide Berlin für immer den Rücken. Von Fouad erhielt ich dann noch einen Brief, in dem er mir seinen Selbstmord ankündigte. Ich konnte ihn zu meinem Kummer nicht mehr ausfindig machen und habe nie wieder etwas von ihm gehört.

Uschs und meine schier unstillbare Lust auf Abenteuerreisen und Entdeckung fremder Kulturen wurde sicherlich auch durch die von uns als einengend, spießig und hart empfundenen Lebensumstände in Berlin gefördert. Dennoch waren wir auf unseren Abenteuerreisen, die manchmal schon tollkühne Züge aufwiesen, kaum von größeren Ängsten geplagt. Ich weiß nicht, ob es Usch ähnlich erging. Aber ich hatte eigentlich immer das tiefverwurzelte, wenn auch unerklärliche Gefühl in mir, dass wir uns gegen jede Art von Aggressionen auf Reisen erfolgreich zur Wehr setzen könnten, sei es durch Kraft oder Schläue, und dass nichts Unvorhergesehenes unsere Reisen gefährden könnte. Diese Überzeugung haben wir gelegentlich sogar noch in wissenschaftlichen Diskussionen »überhöht«, z.B. mit Gleichgewichtstheorien, die eine totale körperliche Überlegenheit von Männern über Frauen ausschlossen, oder dem Gedanken, dass eine blühende Kultur nicht auf Gewalt und Brutalität aufgebaut sein könnte. Wie dem auch sei, es gibt eben so etwas wie **Urvertrauen**, wo immer ich (und vielleicht auch Usch) das herhatte.

Ich bin allerdings nicht so naiv zu glauben, dass es heute noch möglich wäre für zwei junge Mädchen, so um die Welt zu reisen, wie wir das früher getan haben. Die Silvesternacht in Köln, die #MeToo-, aber auch die »Nein heißt Nein«-Bewegungen z.B. belehren uns zwar eines anderen, aber auch darüber, dass es im Ernstfall doch auch immer wieder neue Abwehrstrategien geben kann.

Natürlich kamen mir auch früher schon gelegentlich Zweifel: Einmal schwamm mir am Lido bei Venedig ein junger Mann hinterher, als ich bereits ziemlich weit vom Ufer entfernt ins Meer rausgeschwommen war. Er tauchte vor mir auf und unter und zog mich immer wieder an den Füßen unter Wasser, aus Schabernack, hoffte ich. Ich schwebte bald in Todesängsten, fürchtete zu ertrinken, bekam auch kaum noch Luft. Als er mich einmal für etwas längere Zeit auftauchen ließ, konnte ich ihn dann mit verrückten Versprechungen und mit letzter Kraft (Küsse am Ufer oder so ähnlich) und mit etwas mehr oder weniger Theater (kann nicht mehr schwimmen, keine Kraft mehr) dazu bringen, dass er mit mir an der Hand wieder zurück zum Ufer schwamm und mich aus dem Wasser an Land zog. Dann aber weg wie der Wind. Er rief nur noch hinterher: »Sie sind ja wie eine Italienerin.«

In Peru hatte scheinbar jeder zweite Mann eine Rasierklinge bei sich. Davor hatte ich nach kurzer Zeit ziemlichen »Respekt«, freundlich gesagt. Einmal wurde mir in einem

28

Lokal eine Schultertasche total durchgeschnitten, war zum Glück kaum was drin, aber ohne dass ich davon überhaupt etwas bemerkt hätte. Ich hatte zu meinem Erstaunen nur gesehen, wie ein älterer Mann einem Kind am Fenster des Lokals des Öfteren mit den Augen zublinzelte und ihm Zeichen gab, vermutlich in Richtung auf meine Tasche.

Ein anderes Mal auf dem Wege zum Machu Picchu in Peru, wo mir schon wegen der dünnen Luft etwas schwindlig war, sprang mich ein junger Mann an, schnitt ohne jegliche Vorwarnung dicht unter meiner Brust mit einer Rasierklinge den Seidenbeutel auf, in dem ich meine Tasche mit Geld usw. verborgen und die ich mir auf den Schoß gepresst hatte, und zog die Tasche dann ganz rasch nach unten weg. Und verschwand. Abgesehen davon, dass mir leicht schwindlig war und er sehr flink, hätte ich ihm auch nicht folgen oder wegen des Diebstahls auf mich aufmerksam machen können. Wie zufällig stellten sich einige Männer vor mich hin, versperrten mir den Weg und nahmen sowieso nicht wahrnehmbar Notiz von dem Diebstahl. Ich konnte demnach nur von Glück sagen, dass ich unverletzt blieb und keine Schnittwunden abbekommen habe. Danach hatte ich vor Männern mit Rasierklingen mächtig Respekt.

Wenigstens Usch konnte ich jedenfalls einmal aus großer Gefahr mit meinen Wutanfällen retten. Passierte auch am Lido, in der Nähe von Venedig. Eine Gruppe junger Männer näherte sich ihr, als sie sich am Strand gerade umzog. Usch blickte sie schon starr vor Schreck an. Der Kreis zog sich immer enger, einer der Jugendlichen stürzte sich schon mal probeweise auf sie, zuckte aber wegen ihrer Abwehrhaltung noch einmal zurück. Ihre angstvollen Augen, ihre körperliche Starre lösten dann stellvertretend in mir einen derartigen Wutanfall aus, dass ich s i e angeschrien habe:

29

»Steh endlich auf du blöde ...« Das half, die Starre fiel von ihr ab, sie stand auf, die Kerle blieben auf Abstand und wir konnten unbehelligt abziehen.

Aber auch ihre freundliche und verständnisvolle Art konnte uns schon gelegentlich in »Schwulitäten« verwickeln. Einmal – in Mombasa – hat sie sich stundenlang die Lebensgeschichte von einem Callboy angehört. Dann sagte sie ihm – nach etwa drei Stunden aufmerksamen und freundlichen Lauschens –zu seinem Erstaunen »Gute Nacht« und wollte mit mir zurück ins Hotel. Sie hat sich dann gewundert, dass er stattdessen einen Wutanfall bekam, uns folgte und sogar die Hoteltür eintreten wollte. Es war ein ziemlich schäbiges Hotel, aber unsere Zimmertür hielt wenigstens. Weit und breit war ja auch kein Mensch zu sehen, der uns zu Hilfe hätte kommen können.

Ein andermal, in der Wüstenlandschaft von Palmyra, folgte uns ein Albino (ein Mensch mit pigmentfreier Haut). Er sprach Usch freundlich an und streckte ihr die Hand entgegen. Freundlich wie sie immer war, reichte sie ihm ihre. Es folgten dann einige Obszönitäten, sexuelle Belästigungen würde man heute sagen. Wir berieten uns rasch. Wir hatten inzwischen ja einige psychologische Kenntnisse zu dem Thema erworben. »Wenn du auf Gleichgültigkeit schaltest, dann verlieren die Täter meist auch ihr Interesse, und ihr Bedürfnis, andere zu schockieren, vergeht ihnen«, so unser kurzes Resümee. Also wir taten auf totale Gleichgültigkeit. Plötzlich tauchte völlig unerwartet von irgendwoher ein zweiter Mann in der Wüste auf und schloss sich dem ersten gleichermaßen an, d.h., auch er ließ die Hose runter. Wir stellten fest, unsere psychologischen Kenntnisse halfen uns hier nicht wirklich weiter. Andere Kultur, andere Psychologie. Als Soziologinnen waren wir ja immer der arroganten Auffassung gewesen, dass die uns vermittelten Kenntnisse in Psychologie kulturell nur sehr begrenzt anwendbar sein würden. Wir zogen es daher vor, schnellstmöglich in Richtung Unterkunft zu verschwinden. (Mit heruntergelassenen Hosen waren die beiden Männer eh langsamer als wir.)

Für unsere Abenteuerreisen waren es aber vor allem Uschs Selbständigkeit, ihr unglaublicher Orientierungssinn und ihre Aufgeschlossenheit gegenüber anderen Kulturen und Menschen, die das Fundament unserer Reisen bildeten und uns auch für weite Reisen in fremde Welten prädestinierten.

Usch wusste eigentlich immer, meist rasch und in jeder Lebenslage, was zu tun war, ob zuhause in Berlin oder auf Abenteuerreisen. Wir hatten schon in unserer Schulzeit auf ihre Initiative hin an der Freien Universität (FU) Vorlesungen in verschiedenen Fachrichtungen, z.B. Volkswirtschaftslehre (VWL), gehört, um uns ein Bild von verschiedenen Fachrichtungen zu machen. Aus dem gleichen Grund organisierte sie Treffen mit Studentinnen, die früher mal auf unsere Schule gegangen waren, jetzt aber an der Universität studierten. So fassten wir auf deren Anregungen hin beide gemeinsam den Entschluss, an der FU in Berlin als Hauptfach Soziologie zu belegen.

Insofern war es auch auf unseren Abenteuerreisen vor allem Usch, die das Heft in der Hand hatte. Sie wusste z.B. immer innerhalb kürzester Zeit, wo sich die wichtigsten Kulturschätze befanden und wie wir dort hinkommen konnten. Erst als ich mal mit einer anderen Freundin (Heidi) verreist bin, habe ich gemerkt, wie sehr ich mich auf Reisen auf Usch verlassen konnte, die uns oft den Weg in fremde Kulturen und Regionen freigeschaufelt hat. Ungehalten sagte Heidi einmal zu mir: »Ich denke, du hast schon so viele Weltreisen gemacht, da müsstest du dich doch eigentlich schneller zurechtfinden ...« Da mochte was Wahres dran sein. Für den wahren Weltreisenden aber eher ein absurdes Fazit.

Erstaunlich war auch, mit welchem Interesse, mit welcher Geduld und Aufgeschlossenheit Usch sich mit fremden Menschen gelegentlich von morgens bis abends unterhalten konnte, während ich lieber – vor allem bei großer Hitze – vor mich hin döste.

So geschehen auf einer Fahrt durch eine wüstenartige Landschaft in Jordanien. Ich lag wie so oft auf den hinteren Sitzplätzen eines Autos, halbschlafend, während Usch munter vor sich hin schwätzte. Da sagte der Mann am Lenkrad neben Usch plötzlich: »Ihre Freundin ist etwas doof, nicht wahr?« Da klappten meine Augen aber ganz schnell auf. »Na, schau her, haben Sie gesehen, wie rasch sie eben die Augen geöffnet hat«, sagte er da schallend lachend zu Usch. So etwas konnte ich natürlich nicht auf mir sitzen lassen.

Meine Beziehung zu Usch war nicht immer vollständig ungetrübt. Die erste Phase der Entfremdung war vielleicht die Tiefste. Usch ging für viele Jahre ihres Studiums an die Universität in Minneapolis, Minnesota (USA). In dieser Zeit habe ich sehr wenig von ihr gehört. Ihr Leben war dort offenbar sehr schwer, obwohl sie mir davon erst viel später berichtet hat. Um kostenlos bei einer Familie leben zu können, musste sie beispielsweise viel Hausarbeit erledigen. Sie bekam dort auch nur wenig zu essen. Das Studium an der Universität fiel ihr auch schwer, immerhin hat sie dort noch ihren Studienabschluss geschafft.

Wenn ich es recht bedenke, ging es mir eigentlich fast die ganze Zeit, die sie in den USA lebte, auch schlecht. Erst quälten mich aus unerfindlichen Gründen Depressionen, wobei ich mich von ihr im Stich gelassen fühlte.

32

Dann überkam mich, was das Studium anlangte, die große Langeweile. Ich tat nur noch das Nötigste für das Studium, obwohl mich deshalb große Ängste quälten. Was sollte bloß aus mir werden, dachte ich oft verzweifelt. Vielleicht mich mit Klavierklimpern in einer Kneipe durchschlagen? In einem Traum bot sich mir eine Alternative an. Meine Tante Elke sagte darin zu mir: »Hättest du doch den K. geheiratet, dann ginge es dir jetzt besser.« Schweißgebadet wachte ich auf.

Als mit dem Bau der Mauer 1961 die sogenannten Berlin-Begegnungen vom Berliner Senat und vom Deutschen Gewerkschaftsbund ins Leben gerufen wurden, nahm ich einige Zeit später, wie bereits oben erwähnt, eine Tätigkeit als Reisebegleiterin für sogenannte »Fahrten an der Mauer« und Stadtrundfahrten für Gäste aus Westdeutschland auf.

Anfangs hatte ich einige Anlaufschwierigkeiten: Eine Art Kontrolleur vom Berliner Senat meinte nach Teilnahme an meiner Fahrt zur Gedenkstätte Plötzensee, ich hätte so verklemmt und monoton meinen auswendig gelernten Text über die Widerstandskämpfer Hitlers heruntergeraspelt, dass es ihm die Socken ausgezogen hätte, hat mich aber nicht verraten. Unangenehmer war ein Gewerkschaftler beim DGB, der mich bei unserem Vorgesetzten anschwärzte und mir mangelndes gewerkschaftliches Bewusstsein vorwarf. Ich rechtfertigte mich bei dem Vorgesetzten, zu dem ich zitiert wurde, mit dem Hinweis, dass der Kollege mal wieder betrunken gewesen sei. Habe mich dann aber letztlich gut eingearbeitet, zumal ich politische und gewerkschaftliche Vorgaben brav befolgte. Eine typische Anweisung war z.B.: »Die Polizisten auf der anderen Seite der Mauer dürfen nicht mehr als Mörder bezeichnet werden, sondern nur noch als ‚Handlanger‘ des östlichen

33

Regimes.« Nur meine Mutter meckerte, dass ich so wenig Geld dabei verdienen würde. Da hatte sie ausnahmsweise Recht. Neidvoll blickte ich auf meine Kollegen, die durch üppige Trinkgelder, Absprachen mit Kabaretts und Restaurants angeblich eine Menge Geld zusammenbekamen. Da ich mich beinahe notorisch schämte, Trinkgelder anzunehmen, musste ich mich gelegentlich auch mit einem riesen Blumenstrauß (einmal ein toller Rosenstrauß) zufriedengeben, die mir auch nicht viel brachten. Wie sehr mein Studium unter dieser quasi beruflichen Tätigkeit gelitten hat, habe ich schon erwähnt. Irgendwann überkam es mich aber dann doch noch. Ich stand auf einer Rolltreppe in einem Kaufhaus in Berlin-Steglitz, da überkam es mich (wie eine Erleuchtung). Ich entschied mich meine damalige hoffnungslose Beziehung zu einem Kommilitonen endgültig ad acta zu legen und mich nun mit aller Kraft auf Studium und Examen zu konzentrieren. Wie sehr mir dabei u.a. Fouad Shams el Dine, was das Fach VWL anlangte, geholfen hat, habe ich bereits erwähnt.

Etwa ein halbes Jahr später nach meinem konzentrierten Wiedereinstieg in Studium und Examensvorbereitung wurde auch ich von der Studentenprotestbewegung an der FU Berlin vehement erfasst – für mich Ende 1966/Anfang 1967. Unter dem neuen Highlife blühte ich wie viele andere Kommilitoninnen und Kommilitonen auch regelrecht auf. Voller Begeisterung stürzte ich mich in die Studentenbewegung jener Zeit und später in die Frauenbewegung.

Durch ihre langjährige Abwesenheit, so schien es mir zunächst, hatte Usch etwas den »Anschluss« an die gesellschaftliche und politische Entwicklung in der Bundesrepublik verpasst. Immerhin haben wir danach noch herrliche Reisen nach Indien und Brasilien zusammen erlebt, die uns einander wieder näher brachten. In den Jahren

34

und Jahrzehnten danach hat sich aufgrund verschiedener Faktoren (familiäre Verpflichtungen, regionale Entfernungen Bonn–Stuttgart, meine berufliche Tätigkeit, die mich nach China, Costa Rica, USA, Argentinien und Montevideo führte) unsere Freundschaft zwar nie wirklich gelöst, aber doch sehr gelockert.

Erst als Usch die Diagnose »unheilbare Erkrankung« bekam, maximal sechs Jahre Überlebenschance (es waren dann nur noch fünf), wurde mir wieder bewusst, was sie mir immer bedeutet hat. Ich habe nie jemand gekannt, der so intensiv am Leben hing wie sie. Ihre Gedanken waren hauptsächlich dem Kampf ums Überleben gewidmet, kreisten fast ständig um das Thema Gesundheit (Behandlungen, Therapien, Sport, Ernährung, Gesundheitskongresse usw.). Es war unmöglich, ihr zu sagen, wie viel sie mir bedeutete, obwohl sie das wahrscheinlich wusste. Es hätte ihr aber auch nichts gebracht. Ich konnte rein gar nichts für sie tun. Kurz vor ihrem Tod sagte sie mir noch: »Du brauchst dir keine Sorgen zu machen, ich sterbe noch nicht. Ich möchte mir allerdings mal vorsorglich verschiedene Hospize hier in Stuttgart anschauen.«

Kurze Zeit später kam dann das endgültige Aus von ihren Ärzten. Danach hat sie sich abrupt und unerbittlich aus dem Leben und von ihren Freundinnen und Freunden – auch von mir – abgekapselt.

Jetzt bin ich allein und folge in Gedanken noch einmal den frühen Spuren herrlicher gemeinsamer Reisen durch die Welt. Und mehr denn je fühle ich sie dabei an meiner Seite.

Abenteuerreisen mit Tante Usch

I. Wie hatte eigentlich alles begonnen?

Tante Usch und ich besuchten zufälligerweise die gleiche Schulklasse in einer weiterführenden Schule in Berlin-Schöneberg. Bei 40 Jugendlichen pro Klasse war es nicht so verwunderlich, dass wir uns kaum kannten. Ich hielt sie allerdings für ziemlich eingebildet und ärgerte mich, dass sie sich, wie ich meinte, regelrecht an unsere Klassenlehrerin »ranschmiss«.

Eines Tages hörte ich, wie sie sich mit Klassenkameradin Ursula B. über eine Fahrt per Anhalter in den Harz unterhielt. Sie wollte dort einen Bekannten in einer Lungenheilstätte besuchen. Das war's. Ich war sofort Feuer und Flamme. Ich ging zu ihr, kaum war Ursula B. außer Sichtweite und sagte: »Sollte sich die Verabredung mit Ursula zerschlagen«, wovon ich irgendwie ausging, da ich deren alleinerziehende Mutter als etwas ängstlich kannte, »ich käme mit.« So kam es auch.

Die Fahrt in den Harz selber wies nur wenige Höhepunkte auf. Den Jugendfreund Bernd besuchte Tante Usch allein in der Lungenheilstätte. Wir wohnten damals bei meiner Tante Hedwig, ihrem Mann und der kleinen Sissi (Pudel) in Goslar. Tante Usch war allerdings mit einem dieser gefährlichen Springmesser ausgerüstet, bei denen man nur einen Knopf verschieben musste und dann die Klinge nach vorn schnellte.

Eines Tages, es war Silvester, hatten wir von einer großen Fete auf einem der nahen Berge gehört. Also machten wir uns abends auf den Weg. Wie es dazu kam, dass wir so erregt waren, weiß ich nicht mehr. Vielleicht hatte uns mein Onkel Herbert schon vorher ein kleines Schnäpschen aus einem seiner vielen Schnapsflaschen kredenzt. Den ganzen Weg nach oben erzählten wir uns wilde Geschichten, wurden immer aufgeregter und überdrehter und Tante Usch fuchtelte immerzu wild mit dem Messer vor sich her. Plötzlich hörten wir es im Dunkeln hinter den Bäumen rascheln. Dann sahen wir auch schon einen Schatten. Als würde sich gleich ein Mörder auf uns stürzen, klammerten wir uns in Windeseile aneinander, die Arme umeinandergeschlungen, und fingen wie die Verrückten an zu schreien. Vor Aufregung oder warum auch immer ... Tante Usch ließ das Springmesser fallen. Der Mann, der dann schließlich hinter den Bäumen hervortrat, bekam zunächst einen gehörigen Schreck, dann schrie er uns an: »Haltet endlich euer Maul, ihr dämlichen Gänse.« Dann lief er weiter. Wir brauchten noch lange Zeit, um uns zu beruhigen.

Dann sagte Tante Usch: »Wenn wir wieder mal zusammen verreisen sollten, dann aber ohne Springmesser. Damit bringt uns eher jemand um, als dass wir uns damit verteidigen können.« Haben wir auch nie mehr getan. Wie Tante Usch an das Springmesser rangekommen ist, hat sie mir nie verraten. Vielleicht hat es ihr eine ihrer älteren Schwestern quasi zum »Schutz« mitgegeben.

Man könnte noch fragen, weshalb meine Eltern, vor allem meine Mutter, keinerlei Bedenken gegen unsere Reisen per Anhalter angemeldet haben. Keine Ahnung. Das Reisen per Anhalter wurde zur damaligen Zeit möglicherweise nicht als so gefährlich eingeschätzt. Außerdem genoss Usch die größte Hochachtung meiner Mutter, vielleicht wegen ihres selbstbewussten und kultivierten Auftretens und als Tochter eines angesehenen Richters. »Über Usch hat deine Mutter fast wie über eine Heilige gesprochen«, meinte später mal meine Tante Ethel spöttisch.

2. Paris – das Ziel unserer Träume

Noch im gleichen Jahr, in unseren Sommerferien, ging die erste »große« Reise ins nachbarliche Ausland los. Der Wunsch, nach Paris zu reisen, war über Monate hinweg bereits in uns herangereift. Es kann sein, dass ein Klassenkamerad, nämlich Hajo, meist nur Lotte genannt, uns diesen Floh ins Ohr gesetzt hatte.

Lotte war im Übrigen ein sehr gut aussehender Mann, erschien uns erwachsener, informierter und gewandter als wir allemal im Umgang mit älteren und jüngeren Frauen und Mädchen.

Die Idee, dass unsere Klasse, d.h. wir alle oder möglichst viele von uns, sich in Paris treffen sollte, an einem bestimmten Tag und Ort, zu einer bestimmten Zeit kam von uns. Wir (allerdings nur einige wenige aus der Klasse) haben uns dann in den Sommerferien an einem Freitag im August am Place de la Concorde um 12.00 Uhr mittags in Paris verabredet.

Einige Tage davor machten wir uns auf den Weg. Was dann folgte bis zur Ankunft in Paris, war so unangenehm, dass ich versuche, mich bei diesem Thema kurzzufassen. »So doof kann doch kein Mensch sein« heißt es doch so schön und so wahr.

Nach einer ereignislosen Fahrt bis nach Hannover nämlich erklärte sich eine ältere nette Dame bereit, uns in ihrem Wagen bis nach Bielefeld mitzunehmen. Ihr Auto war aber so voll von Gepäck und Taschen, dass sie erst mal alles umräumen musste, um für uns Platz zu schaffen. Es ist mir heute noch unerfindlich, was dann passierte. Auf jeden Fall blieben unsere eigenen Taschen draußen vor der Tür liegen.

Alles futsch!!! In unseren Taschen waren: unsere Aus-

41

weispapiere, unser Geld, das Sparbuch von Usch (diesbezüglich hatte sie immer schon besonders viel Angst) und vieles mehr. Wir mussten also sofort wieder zurück nach Hannover. Glücklicherweise hatte ich noch 10,– DM im Petticoat unter dem Rock in einer eingenähten Tasche versteckt. Dann musste alles sehr schnell gehen. Es war Freitagnachmittag. Wir brauchten Ersatzausweise (Reise nach Paris). Die Beamten im Ordnungsamt hatten per Zufall aus dem Fenster geguckt und waren schon erstaunt, dass da zwei kleine Mädchen auf ihr Amt zustürmten. Wir brauchten noch Passbilder für die Ersatzausweise. Die Beamten waren so freundlich und haben noch auf uns gewartet, bis wir wieder mit den Passbildern zurück waren. Sozusagen auf den letzten Drücker. Dann wurde uns noch viel Glück gewünscht und dann hätten wir uns eigentlich Richtung Paris aufmachen können.

Aber so einfach war es nicht. Tante Usch wollte unbedingt wieder zurück nach Berlin. Ich musste mir die Seele aus dem Leib quasseln, um sie davon zu überzeugen, dass wir diese Blamage nicht überstehen könnten. Schließlich gingen wir in die Jugendherberge und aßen eine Salamiwurst vom letzten Geld gekauft und berieten unsere Lage.

Auf verschiedenen Umwegen über Münster und Emmerich haben wir uns dann etwas Geld von Verwandten zusammengeliehen. Pünktlich um 12.00 Uhr trafen wir uns mit den anderen Schulkameraden am Place de la Concorde. An besagtem Tag im August. Was für ein Gefühl! Der gewandte Lotte, der sich schon etwas in Paris auskannte, führte uns gleich zu seiner neuen deutschen Freundin Micki, die im 7. Stockwerk eines Hochhauses in für uns damals schwindelerregender Höhe mit halboffenem Balkon wohnte. Als er die gekauften Bockwürste in

42

unserem Beutel sah, hat er die schnell aufgegessen – zu unserem Entsetzen!

Micki ließ sich nicht weiter stören, nahm gleich eine große Schere, schmiss einen Kleiderstoff über den Tisch und schnitt den Stoff ohne was einfach so zu, in H-Form. Eine Naturbegabung! Toll!! Kleid war bald ruckzuck fertig und sah einfach überwältigend an ihr aus.

Später ging Lotte mit uns in das Jazzlokal Cave de la Huchette, in der Rue de la Huchette, in dem u.a. der Saxophonist Sidney Bechet musizierte. Nachdem ein so gut aussehender Mann wie Lotte mit uns getanzt hatte, fanden auch noch einige französische Gäste an uns Gefallen.

Obwohl wir wenig Geld hatten und uns vorwiegend von Baguette und Pflaumen ernähren mussten, war es eine tolle und turbulente Zeit in Paris, wir waren wie losgelassen und befreit aus den Fängen und Zwängen des autoritären, verstaubten und miefigen Berlin (der Ausdruck »Muff unter den Talaren« beschreibt es treffend).

Was passierte sonst noch so in diesen turbulenten Tagen?

Da fällt mir ein: Ein Hausmädchen, deren Herrschaften verreist waren, wollte auch mal einige freie Tage haben und überließ uns für einige Tage das hochherrschaftliche Haus (sah aus wie ein Museum) am Bois de Boulogne zum Aufpassen. Tante Usch und ich hatten jede von uns ein Zimmer für sich allein. Nachts wollte Tante Usch mal zu mir rüberflitzen, da brach auch schon einer der wertvollen Sessel zusammen. Als ich auf Toilette gehen wollte, stieß ich im Dunkeln gegen einen Tisch und ein wertvolles Fabergé-Ei fiel zu Boden und zerbrach. Sollten wir weinen oder lachen?

Da Usch sehr schlank war, litt sie mehr als ich unter dem Mangel an Lebensmitteln, vermute ich mal. Als ihr einmal sehr schlecht wurde, klammerte sie sich an bzw. hängte sich mit den Händen und Armen verzweifelt mit herunterhängendem Kopf an den nächstbesten eisernen Zaun. Dabei erweckte sie wohl Mitleid, dass sie (und ich mit) in einen amerikanischen Club eingeladen wurde.

Im Club bestellte Tante Usch: eine Riesenportion Eis, eine Riesenportion Pudding, eine Riesenportion Kuchen und eine Riesenportion Schlagsahne. Ich staunte nicht schlecht. Eine derartige Mischung in dieser Fülle hatte ich noch nie gesehen. Unser Begleiter flüsterte mir leise ins Ohr: »Wetten, sie hat die ganze Zeit nur gespielt, um zum Essen eingeladen zu werden.«

Einmal waren wir auch in der Pariser Oper (Stehplätze). Wen sehen wir da: unseren Exdeutschlehrer (verheiratet) und unsere Erdkundelehrerin (ledig), an denen wir freundlich grüßend vorbeigingen. Wir haben an der Schule später nie darüber gesprochen. Tante Usch sowieso nicht, da sie zu 100 % verschwiegen war, ich hätte vielleicht noch quasseln können, aber das hätte Tante Usch mir schwer übel genommen. Jahrzehnte später bei einem Schultreffen hat sich unsere Erdkundelehrerin bei mir bedankt, weil wir ihr Geheimnis mit dem Deutschlehrer nicht weitererzählt haben.

Zum Abschied von Paris haben wir uns dann noch einen bösen Schabernack erlaubt. Wir haben mehrere junge Männer, die sich untereinander gar nicht kannten, zu einem Rendezvous nach Versailles (Nachbarstadt von Paris) eingeladen. Natürlich ohne Absicht, dort hinzukommen. Oje, wie kann frau nur so gemein sein. (Bei mir noch irgendwie nachvollziehbar, aber bei Tante Usch, die eigentlich immer brav und gutherzig war?)

Als wir aus Paris zurückkamen, waren wir verändert: mit Kurzhaarfrisur, im sogenannten H-Kleid, kleine Ab-

44

satzschuhe, dies rein äußerlich. Aber auch innerlich: Viel selbstbewusster und lockerer, hatten wir etwas von dem französischen Lebensgefühl bewahren können. Der »Berliner Muff«, die spießige Lebensart, konnte uns nicht mehr ganz so viel anhaben.

Place Pigalle (Paris) 1957

45

**Usch (rechts) und Monika (genannt Jule)
in einem Restaurant in Paris**

3. Gurkensalat: pommersche oder baden-württembergische Art?

E nde der 50er Jahre (1958) fuhren Tante Usch und ich zur Weltausstellung nach Brüssel, die unter dem Motto stand »Technik im Dienste des Menschen, Fortschritt der Menschheit durch Fortschritt der Technik«. Ehrlich gesagt, daran erinnere ich mich kaum noch. Nur das Aufsehen erregende Wahrzeichen der Expo, das 102 Meter hohe Atomium, ist mir im Gedächtnis haften geblieben.

Das Wahrzeichen der Expo

47

Allerdings sehe ich uns noch in einem Feriencamp, wo wir eine Unterkunft gefunden hatten. Wir hatten zwar gelesen, dass wir keine Lebensmittel mitbringen durften, aber so ernst haben wir das dann doch nicht genommen. Als wir abends mit einem Baguette unter dem Arm zurückkamen, hieß es sofort, wir müssten das Camp unverzüglich verlassen, ohne Wenn und Aber. Bedröppelt zogen wir ab.

Gottlob fanden wir noch bei Vander, dem »Fischauge«, eine Notunterkunft. Bei ihm haben wir dann das eine und einzige Mal in unserem Leben zusammen gekocht bzw. Essen zubereitet.

Vor allem Gurkensalat, mal so was richtig Frisches. Tante Usch fing munter an, warf zu meinem Schrecken gleich eine Handvoll Salz auf die geschnittenen Gurkenscheiben (angeblich baden-württembergische Art). »Um Gottes Willen, Usch!«, schrie ich. »Ich kenne den Gurkensalat«, pommersche Art, »doch nur süß.« »Von mir aus«, sagte Tante Usch und warf noch eine Handvoll Zucker dazu. Igittigitt. Ich brauche nicht zu beschreiben, wie das schmeckte.

Wenn wir auch nie wieder zusammen gekocht haben, heißt dies nicht, dass Speisen auf unseren Reisen von geringer Bedeutung für uns waren. Da denke ich z.B. an das schmackhafte Auberginengericht, zu dem uns in Südfrankreich ein Franzose eingeladen hat, an das unterhaltsame Couscousmahl in Marrakesch oder an das Feijoadagericht in Bahia. Vor allem erinnere ich mich aber voller Genuss an die einzigartige Mangofrucht, die uns auf der Fahrt durch eine Wüstenlandschaft in Richtung Indien von einem Bewohner Pakistans geschenkt wurde, als wir schon halb verdurstet waren. Nie wieder haben uns diese Speisen und Früchte so geschmeckt wie auf diesen Reisen.

4. Der Hafen von Piräus: Wird er uns zum Schicksal?

Eines Tages, ich war vielleicht 17, Tante Usch 19 Jahre alt, wagten wir die Reise in die Türkei per Schiff. Wir fuhren mit einem Kreuzschiff an einem Nachmittag im August (Sommerferien) mit dreistündiger Verspätung von Venedig aus ab in Richtung Izmir. Wir hatten Decksklasse (billigste Klasse) gebucht, d.h. ohne Kabine und ohne Verpflegung. Die Nächte verbrachten wir auf Liegestühlen oben auf Deck. Es passierte schon mal, dass uns jemand irgendein Gewürz oder irgendein Grünzeug in die Nase steckte, um uns aufzuwecken und zu necken, wollen wir mal freundlicherweise annehmen.

Wenn ich aufwachte – es war nachts verdammt kalt –, war ich oft allein oben an Deck. Die anderen wie auch Tante Usch waren meist schon in die mittlerweile leere Bar runtergestiegen, wo man sich wieder etwas aufwärmen konnte. So ganz allein oben an Deck des Nachts, den Blick auf das weite, unergründliche Meer gerichtet, konnte einem schon etwas mulmig zumute werden. Was, wenn man da hineinfiele oder reingeschubst würde?

Decksklasse war nicht so amüsant. Das Schiff war angeblich schon über 60 Jahre alt, der Ruß vom Schornstein flog ununterbrochen über die Decksklässler hinweg und bedeckte uns mehr oder weniger mit schwarzem Staub. Wir vom Deck hatten alle ohne Verpflegung gebucht. Ich musste daher oft zum Koch hinuntersteigen und für uns um Lebensmittel (Reste vom Essen) betteln.

Bei meinem letzten Bettelgang gab es sehr unschöne Momente. Als ich aus der Kajüte des Kochs, bei dem ich

49

gerade einige Lebensmittel abgeholt hatte, rauswollte, stellte ich fest, dass ich nicht mehr zur Tür rauskam. Ich war mit dem Koch eingesperrt. Panikartig dachte ich gleich das Schlimmste. Ich sah mich schon den Porzellanteller am Tisch zerschlagen und dem Koch die spitzen Ecken des zerbrochenen Tellers in die Augen treiben. Ich war innerlich bleich bis in die Knochen. Der Koch sah mir in die Augen und fing sofort an wie ein Verrückter um Hilfe zu schreien und mit den Fäusten gegen die Tür zu trommeln. Plötzlich wurde die Tür von außen geöffnet und im Nu war ich nun in der engen Kabine mit vier Männern eingesperrt.

Sicherheitshalber habe ich dann begonnen, jeden von ihnen nach Familie, Ehefrau und eigenen Kindern zu befragen, heuchelte Interesse und ließ mir Familienfotos zeigen. Irgendwann konnte ich dann unter einem Vorwand entwischen. Ich habe mich nur gewundert, dass niemand von der Decksklasse sich gefragt hat, wo ich bleibe, warum ich nicht zurückkomme und schließlich nach mir gesucht hat.

Nach ein bis zwei Tagen kamen wir im Hafen von Piräus (Athen) an. Tante Usch und ich ließen all unser Gepäck auf dem Schiff, auch fast alles Geld und Ausweispapiere. Wir wollten nur mal rasch zum Strand runterlaufen und im Meer schwimmen. Als der vorgesehene Aufenthalt im Hafen von Piräus sich bald dem Ende näherte, drängelte ich zur Rückkehr. »Usch, bitte, komm endlich.« Sie aber: »Moni, wir hatten in Venedig drei Stunden Verspätung. Glaubst du wirklich, das Schiff ist hier pünktlich?« War es aber leider.

Als wir zum Hafen zurückkehrten, sahen wir schon von weitem, dass unser Schiff die Anlegestelle bereits verlassen hatte.

50

Wir fingen wie die Verrückten an zu laufen. Unsere Schuhe, die wir ständig verloren haben, mussten wir in die Hände nehmen, um nicht immer wieder zurücklaufen zu müssen.

Schreien!!!! Schreien!!! So laut wir können, nur das konnte uns jetzt noch retten. Wir mussten die Menschen am Kai auf uns aufmerksam machen. Es sammelte sich allmählich tatsächlich um uns eine neugierige Menschenmenge an, die offenbar auch noch vom Schiff aus sichtbar war.

Das Schiff, bereits mittlerweile auf voller Fahrt, stoppte tatsächlich, oh Wunder. Jetzt brauchten wir nur noch ein Boot, das uns zum Kreuzschiff zurückbrachte. Ein hilfsbereiter Mann ruderte uns schließlich hin. Wie wir später erfahren haben, sind zwei unserer Bekannten von der Decksklasse zum Kapitän gelaufen und haben ihn angefleht, für uns zu stoppen.

Wir mussten dann natürlich direkt zum Kapitän. Der sah uns sehr streng an. Tante Usch guckte besonders schuldbewusst zu ihm auf. Ich schämte mich vor allem, weil es nichts gab, mit dem wir ihm unsere unendliche Dankbarkeit hätten zeigen können.

Tante Usch, die mir gegenüber selten ihre Gefühle und Gedanken eingestand, hat Jahrzehnte später erzählt, unter welchen Alpträumen sie wegen der Piräusgeschichte gelitten hätte.

**Tante Usch an Deck des griechischen Schiffs
in Richtung Athen**

5. Gibt es den »türkischen Macho« überhaupt?

Die ersten Tage unserer Reise durch die Türkei (Ankunft mit dem Kreuzschiff in Izmir nach mehrtägiger Schiffsreise von Venedig aus) taten wir uns noch reichlich schwer. Das begann schon mit dem Besuch eines Restaurants. Ein Fiasko! Es musste ein halbwegs gepflegtes Lokal sein, da wir uns ja nicht gleich am ersten Tag den Magen-Darm-Trakt verderben wollten. Vorsicht vor fremden Gewürzen, fettigen und schwer verdaulichen Speisen! Wir wurden als Erstes in die Küche geführt, wo wir uns die Speisen aussuchen sollten. Tante Usch ließ ihren Zeigefinger in der Luft über einige Gerichte gleiten, dann wurde uns sofort eine Fülle von Tellern und Schüsseln mit den verschiedensten Gerichten gebracht. Wir bekamen einen ziemlichen Schreck. Würden wir das alles überhaupt bezahlen können? Wir guckten zwischendurch immer mal wieder auf die Speisekarte und versuchten herauszufinden, was das alles denn überhaupt kosten könnte. Jedes Mal kam dann wieder ein Kellner angeschossen, um zu fragen, ob wir noch etwas zusätzlich bestellen wollten. Wir haben es überlebt!

Als wir in der Jugendherberge den jungen Männern von der Decksklasse (Kreuzschiff) davon erzählten, taten die richtig entsetzt, sie hätten nur ein Zehntel von unserer Rechnung in einem Restaurant bezahlt, hätten schon so viel unternommen und Tolles erlebt usw. Das übliche Blablabla, könnte man sagen. Wir oder besser ich platzte mal wieder vor Neid. (Tante Usch schien eigentlich nie oder selten Neidgefühle zu entwickeln.) Warum können sich diese Kerle so sicher, locker, ungehemmt und furchtlos in einer türkischen Stadt bewegen und wir trauten uns kaum am Abend aus der Jugendherberge? Dennoch Lehre Nr. 1: Mund halten, wenn es um Missgeschicke geht. Wie heißt es doch so schön: »Wer den Schaden hat, braucht für den Spott nicht zu sorgen.«

An einem der ersten Tage haben wir dann einen Tagesausflug zu einer der antiken Ausgrabungsstätten gemacht, auf die Tante Usch eh so brannte, möglichst noch auf einem schwer zu erklimmenden Berg und weitab von allen Ortschaften, die man nur nach längerer Wanderung in drückender Hitze erreichen konnte. Prompt verpassten wir den letzten Bus, der uns zurück nach Izmir hätte bringen können. Eine (Hotel-)Unterkunft vor Ort gab es nicht, wie wir zu unserem Entsetzen erfuhren. Große Niedergeschlagenheit breitete sich in uns aus, wenn nicht sogar Panik und Verzweiflung.

Nachdem wir so unglücklich und ratlos vor uns hin trotteten, trafen wir einen netten britischen Studenten. »Warum so unglücklich? Kein Hotel, keine Unterkunft? Macht doch nichts. Ich schlafe viel im Freien, z.B. in einem Heuhaufen. Ist super!« Dieses Gespräch war es, das uns auf unserer Reise durch die Türkei wieder aufrichtete; die Ängste in uns wichen, die gute Laune breitete sich allmählich wieder in uns aus. Wir sagten uns: »Was soll's. Das können wir doch auch.« Wir freuten uns schon fast auf einen Heuhaufen als Schlafgelegenheit. Alles mal ausprobieren.

Da kam ein Mann mit einem Pferdewagen an uns vorbei. Wir fuhren mit ihm, egal wohin. (Ich habe noch ein Foto davon mit einem fröhlichen jungen Mädchen.) Zufälligerweise fuhr dann ein Auto hinter uns her und nahm uns wieder mit zurück nach Izmir. Wir waren danach verändert; lockerer, gelöster und bester Laune. So konnten wir die Rundreise durch West- und Mittelanatolien mit neuem Mut und Schwung in Angriff nehmen.

Jule auf einem Pferdekarren in der Südtürkei

Tante Usch mit unserem Retter in der Not

Wir haben dann viele neue Kontakte geknüpft und viele türkische Menschen kennengelernt, aber nicht ausnahmslos nette. Auch der »Macho« lief uns über den Weg. »Für uns Türken werden doch immer nur Frauen unter 30 Jahren infrage kommen.« Er war ca. 50 oder 60 Jahre alt. Sein Benehmen war unerträglich. Er war in unseren Augen ein absoluter »Blödmann«. Wir waren ja erst 17 bzw. 19 Jahre alt.

Ich dachte damals, so etwas würde sich in Deutschland kein Mann trauen zu sagen. Für die heutige Zeit (2017) bin ich mir da gar nicht mehr so sicher. Die Altersdiskriminierung von Frauen hat seitdem möglicherweise sogar noch zugenommen. Man denke nur an die Häme, mit der

56

die vielleicht 20 Jahre ältere Ehefrau von Präsident Macron derzeit übergossen wird. Der türkische Kabarettist im Fernsehen war vielleicht etwas platter, als er sagte, die Frau braucht bald einen Rollator, aber die westlichen Kabarettisten standen ihm neuerdings ja auch in nichts nach.

6. Hat Tante Usch immer noch ein grünes Gesicht?

In jungen Jahren war Tante Usch außerordentlich brav und wohlerzogen. Da denke ich beispielsweise an ein besonderes Erlebnis in Marrakesch (Marokko).

Ein freundlicher älterer Herr hatte uns zu einer kleinen Sightseeing-Tour durch die Stadt in seinem mittelalterlichen Peugeot eingeladen. Auf dem berühmten Markt in Marrakesch angelangt, kam ihm plötzlich die Idee, dass er uns eine kleine Freude machen müsste. Er lief zu einem Imbissstand und kaufte jeder von uns einen Lammfleischspieß, den er uns durch das Wagenfenster reichte. Leider bestand der Spieß fast nur aus Fettbröckchen. Ich kurbelte schnell wieder das Fenster runter und warf die Fettbröckchen während der Weiterfahrt aus dem Fenster. Nicht so Tante Usch, die Brave und Wohlerzogene. Sie biss mutig in die Fettbrocken hinein. Aber schon nach kurzer Zeit fing sie an zu würgen, sich beinahe zu übergeben, die natürliche Farbe wich aus ihrem Gesicht – und wurde grün.

Als ich später die Geschichte meiner Enkeltochter Julia erzählte, fragte sie: »Hat Tante Usch immer noch ein grünes Gesicht?«

Tante Usch (2. von rechts) mit drei marokkanischen Frauen

7. Was hat die Spieltheorie mit der Reise nach Indien zu tun?

Über die Spieltheorie, präziser über die sogenannten »strategischen Spiele«, haben wir ja einiges während unseres Studiums gehört. Fraglich, ob wir das verstanden haben. Aber sicher waren wir von diesem Thema fasziniert. Also wollten Tante Usch und ich das Prinzip »strategische Spiele« mal selbst anwenden bzw. ausprobieren, und zwar auf unserer Reise nach Indien. Wir legten also fest, dass wir uns an einem bestimmten Tag im Herbst, Mitte der 70er Jahre, in Istanbul treffen wollten, ohne dass wir voneinander wüssten, wie wir dort hinkommen würden, aber auch ohne einen Treffpunkt oder einen Zeitpunkt zu vereinbaren, sozusagen ohne »Netz«. Wir würden auch im Notfall bei niemandem zuhause Bescheid geben, wo wir uns befänden. Also entweder wir fänden einander oder die Reise nach Indien fiele flach.

Ich traf also an besagtem Tag vormittags in Istanbul auf dem Flughafen ein und begab mich direkt in die nächste Jugendherberge. Und dann konnte die Suche nach Tante Usch ja losgehen.

Zu unserer Ehre muss ich sagen, dass wir bezüglich der strategischen Spiele einige Anhaltspunkte hatten. Also welcher Zeitpunkt ist empfehlenswert, wenn zwei Personen sich treffen wollen oder müssen? Natürlich 12.00 Uhr mittags. Welcher Ort ist empfehlenswert? Am besten ein Wahrzeichen einer Stadt, z.B. in Paris der Eiffelturm, in Berlin der Funkturm oder das Brandenburger Tor usw.

Also überlegte ich zunächst mal, welches Wahrzeichen der Stadt als Treffpunkt infrage käme, z.B. die Blaue Mo-

60

schee, die Sultan-Ahmed-Moschee oder die Hagia Sophia. Ich entschied mich für Letztere. 12.00 Uhr mittags. War nix. Danach klapperte ich einige Studentenwohnheime/ Jugendherbergen ab.

Leider alles Fehlanzeige. Gottlob fand sich in meiner Jugendherberge ein junger Japaner bereit, mich auf der Suche nach Tante Usch zu begleiten. Angesichts meines beginnenden Gejammers hatte er offenbar etwas Mitleid mit mir. Eine weitere stundenlange vergebliche Suche begann. Zwischendurch haben wir dann auch die Suche mehrmals unterbrochen, haben in einem Café einen Chai getrunken, uns im Park auf eine Bank gesetzt und über Gott und die Welt geschwätzt. Die ersten fünf Stunden der Suchaktion waren ja noch einigermaßen erträglich, die Suche von Stunde fünf bis acht schon ganz schön anstrengend und nervig. Danach machten sich aber eine heftige Unruhe und Verzweiflung in mir breit.

Dann, oh Wunder, als ich schon beinahe alle Hoffnung aufgeben wollte: Nach genau zwölfstündiger Suche: Bei der Bahnhofsinformation bekam ich einen Zettel zugesteckt, auf dem stand: »Bin angekommen und suche jetzt eine Unterkunft.« Offenbar war Tante Usch mit dem Zug nach Istanbul gereist (ich mit dem Flugzeug). Erst in den Abendstunden des vereinbarten Treffpunkttages war sie in Istanbul angekommen, sozusagen auf den letzten Drücker. »Typisch Tante Usch!«, dachte ich so bei mir. Kein Wunder, dass ich sie den ganzen Tag über nicht finden konnte. Meine Erleichterung war aber doch unendlich groß.

Danach war es nur noch eine Frage der Zeit. Am nächsten Tag habe ich sie dann in einem Studentenwohnheim angetroffen. Na bitte. Ging doch alles gut. Jetzt konnte die Reise Richtung Indien losgehen.

Tante Usch auf einem Turm in Delhi

8. Rache ist süß – trifft aber gelegentlich die Falschen

Tante Usch hatte sich während ihres Studiums in Minnesota (USA) mit Sweera, einer Inderin, angefreundet, glaubte sie zumindest. Sweera besuchte uns eines Tages in Berlin.

Sie verliebte sich heftig in den Freund meines Freundes. Das haben wir aber erst viel später erfahren. Wir konnten aber beobachten, wie Sweera sich beinahe stundenlang mit dem Freund meines Freundes angeregt unterhielt. Später haben sie, wie wir hörten, auch miteinander korrespondiert.

Dann die Katastrophe. Georg, so hieß der junge Mann, schrieb ihr, wie todunglücklich er sei, seine Verlobte hätte ihn verlassen. Sweera fiel aus allen Wolken. Sie hatte fest daran geglaubt, er wäre in sie verliebt. Als wir sie später auf unserer Indienreise in Delhi besucht haben, ließ sie uns von ihrem neuen amerikanischen Freund Michael einen Cocktail der »besonderen« Art mixen. »Den müsst ihr unbedingt mal probieren«, sagte Michael zu uns und lächelte verschmitzt.

Die gute Laune verging uns nach dem »Super«-Cocktail rasch. Mir zumindest war es vorher noch nie so schlecht ergangen. Ich hatte tagelang mit einem Brechreiz zu kämpfen, obwohl ich schon lange nichts mehr im Magen gehabt hatte.

Tante Usch hatte insofern etwas mehr Glück im Unglück, als sie einen Großteil des gefährlichen Gesöffs sofort wieder ausgebrochen hatte. Wir konnten uns des Eindrucks nicht erwehren, dass wir zumindest leichte Vergiftungserscheinungen davongetragen hatten. Wollte sich Michael für das offensichtlich ihm bekannte frühere Unglück von Sweera in Berlin an uns schadlos halten? Mit ihrem stillen Einverständnis?

Wie konnte sie aber auch kulturelles Interesse von Georg als Liebe deuten? Zweifellos gab es kulturelle Verständigungsprobleme. Anderseits: Ganz fremd ist dieses Phänomen in unserem Kulturkreis auch nicht. Ich denke an das Lied: »Denkste denn, denkste denn, du Berliner Pflanze, denkste denn ick liebe dir, nur weil ich mit dir tanze?«

Die Inderin Sweera (3. von rechts) mit Jule in Delhi

64

9. Übermut kommt vor dem Fall

Ich glaube, es geschah an der Südküste von Kenia am Indischen Ozean, nicht weit von Mombasa entfernt, wo wir eine Unterkunft gefunden hatten. An den tropischen Stränden zu liegen oder im warmen Wasser rumzuplanschen war weder Tante Uschs noch mein Ding.

Eines Tages – wir noch voll bekleidet, ausgerüstet mit Taschen und Netzen – unternahmen wir eine Wattwanderung am Indischen Ozean. Nur Schuhe und Strümpfe mussten ausgezogen werden. Eigentlich war das Ganze eine Idee auf Initiative von Tante Usch. Ich war eher ängstlich und skeptisch. War aber schließlich mal wieder folgsam, traute mich nicht, ihr zu widersprechen. (Tante Usch war zwei Jahre älter als ich, das konnte sich gelegentlich bemerkbar machen.) So bepackt machten wir uns auf den Weg zum nicht sichtbaren Meer hinaus.

Tante Usch marschierte immer weiter forsch und zielstrebig geradeaus Richtung Meer hinaus, ich trottelte derweil brav hinter ihr her. Mit nackten Füßen im Wattenmeer zu wandern, war eigentlich recht angenehm. Sowas tut den Füßen richtig gut.

Dann aber kam die Wende. Wir sahen plötzlich, wie sich die Löcher/Rillen im Wattenmeer allmählich wieder mit Wasser füllten. Das ging viel schneller als gedacht. Jetzt rasch wieder zurück in Richtung Strand. Die drohende Gefahr ist unverkennbar. In kurzer Zeit ist der ganze Meeresboden wieder mit Meerwasser bedeckt. Wir gehen, so schnell wir können. Aber das Wasser steigt für uns unerwartet immer höher und höher. Der Strand weit entfernt. Zunächst krempeln wir unsere Röcke in die Unterwäsche rein. Badeanzüge haben wir gar nicht dabei. Schließlich steigt das Meerwasser so hoch, dass wir schwimmen müssen. Vorher binden wir uns unsere Röcke, Taschen und Schuhe, aneinander befestigt, um Kopf und Hals.

Mit den Röcken um den Kopf gewunden sehen wir aus wie Witwe Bolte. Das sieht so komisch aus, dass wir anfangen zu lachen. Ich muss wieder mal so prusten vor Lachen, dass ich mich kaum noch einkriegen kann. Merke aber schnell, dass mich das zusätzlich schwächt, und höre auf damit. Die Flutwellen rauschen mit unerwarteter Kraft von hinten auf uns zu, eine Welle treibt uns jeweils ein Stück in Richtung Strand, die nächste zieht uns an den Füßen wieder zurück. Allmählich beginnt ein verzweifelter Kampf. Das Ufer erscheint uns mittlerweile schwer erreichbar. Rechts von uns im Meer schlängeln sich lange Steinbuchten durchs Meer. Wir müssen aufpassen, dass wir nicht von den Wellen dagegengeschleudert werden. Im Übrigen sind die Felsen nicht nur mit einer Art von Moos und Algen bewachsen, sondern beherbergen viele (vermutlich tausende) kleine und größere uns unbekannte Tiere, sodass wir uns auch gar nicht trauen würden, uns an den Felsen festzuhalten. Nachdem wir einige Torturen hinter uns haben, uns am Rande der Erschöpfung befinden, schaffen wir es schließlich doch noch zum Ufer und fallen völlig erschöpft in den Sand. Unsere Apfelsinen haben wir natürlich verloren. Da sagt Tante Usch: »Ach, wenn wir doch jetzt eine große Salamiwurst dabeihätten und die futtern könnten! Weißt du noch, wie damals am **Lago Maggiore**.«

In diesem See wären wir auch beinahe ertrunken, weil wir uns in dem Wunsch, eine Insel mitten im See zu erreichen, völlig übernommen hatten. Nach ca. zwei Drittel zurückgelegter Strecke hatte Tante Usch damals plötzlich gesagt: »Ich kann nicht mehr, wir müssen umkehren.« Das taten wir dann auch. Dabei hatte ich dann immer wieder

66

die Augen schließen müssen. Die Entfernung zum Ufer beim Zurückschwimmen erschien mir lange Zeit unendlich weit, das Ufer schier unerreichbar. So muss es auch Usch ergangen sein. Vor Erschöpfung hatten wir dann allerdings kaum noch ein Wort herausbringen können. Aber mit großer Gier stürzten wir uns dann auf die am Ufer deponierte Salamiwurst und verzehrten sie restlos in kürzester Zeit.

10. Auch ehemals war das Busfahren in Syrien schon gefährlich!

Ich glaube, es war auf unserer Busfahrt nach **Damaskus**. Wir saßen in der ersten Reihe direkt hinter dem Busfahrer. Ich war in einen tiefen Schlaf gefallen, kaum ein Lärm der Welt konnte mich daraus wecken. Aber Tante Usch. Sie rüttelte mich lebhaft und unsanft an der Schulter, bis ich endlich die Augen öffnete. Sie sagte nur mit angstverzerrter Stimme: »Guck mal geradeaus!«

Ich meine, dabei hätten ihr die Haare zu Berge gestanden. Und in der Tat. Der Busfahrer fuhr wie von Furien gehetzt. Er hielt die rechte Hand an einer herabhängenden Glocke, an der er unermüdlich und unablässig zog und rüttelte. Man hätte denken können, er wäre ein wilder Jockey, der sein Pferd mit der Peitsche die Rennbahn runtertrieb.

Und was sah ich da? Er hetzte die Straße mitten durch ein Spalier von entgegenkommenden PKWs hindurch. Die ununterbrochen bimmelnde Glocke verlieh ihm immerhin so viel Respekt, dass die uns entgegenkommenden PKWs vor Schreck offenbar jeweils kurz vor uns auseinanderstieben und dann in letzter Sekunde entweder links oder rechts an uns vorbeipreschten. Wir jedenfalls immer mitten durch!!!

Nun wurde auch mir fast schlecht! Ich konnte nur noch jammern. »Was bist du gemein, Usch, dass du mich auch noch wecken musstest. Ich hätte, während ich schlief, doch gar nichts mitbekommen.«

Das Busunglück auf dem Weg von Syrien in den Libanon (siehe das Foto unten)

Als hätten wir von den Busfahrten nun nicht genug,

68

machten wir uns einige Tage später wieder per Bus auf den Weg, diesmal Richtung Libanon. So viel hatten wir aber hinzugelernt, dass wir uns wenigstens in die letzte Reihe setzten. Diesmal war es eine wilde Fahrt durchs Gebirge, steile Abhänge mal links, mal rechts, oft äußerst schmale Straßen, an denen zwei Busse kaum aneinander vorbeikommen konnten.

Das Busunglück in der Nähe von Damaskus

Und dann passierte es natürlich auch. An einer Gebirgskurve kam uns ein Bus entgegen, den unser Busfahrer vermutlich zu spät bemerkt hatte. Obwohl er das Lenkrad rasch nach links einschlug, rammten sich die beiden Busse gegenseitig am jeweils rechten bzw. linken Kotflügel.

Aber nicht genug: Unser Busfahrer verlor irgendwie das Gleichgewicht, jedenfalls die Kontrolle über den Bus, und raste mit uns auf den Abgrund zu. Alle syrischen Frauen (an Männer erinnere ich mich nicht) schmissen sich sofort auf den Boden und fingen laut an zu beten.

Gespenstisch! Sekundenlang, d.h. eine heiße Ewigkeit

lang, dachte ich nur: »Jetzt ist es aus, so sieht das Ende aus, es geht den Abgrund hinab.« Mir wurde kalt ums Herz. Wie durch ein nicht nachvollziehbares Wunder kam der Bus doch noch vor dem Abgrund zum Stehen, wenngleich in bedenklicher Schieflage. Wie wir dann alle aus dem Wagen rausgekommen sind, weiß ich nicht mehr.

Einige Frauen in den vorderen Reihen waren leicht bis schwer verletzt.

Wir haben dann viele Stunden warten müssen, bis ein Ersatzbus geschickt wurde. Ich wäre ja am liebsten abgehauen, statt Ewigkeiten ins Ungewisse hinein zu warten. Das ging aber nicht, wieso auch immer. Wäre es gegenüber den anderen Mitfahrenden unsolidarisch und egoistisch gewesen? Mitgehangen, mitgefangen? Musste Tante Usch erst mal einigen Verletzten helfen, einige erschrockene und traumatisierte Menschen trösten? Kamen wir vielleicht gar nicht an unsere Taschen im Kofferraum ran? Ich weiß es nicht mehr. Wir blieben jedenfalls und warteten mit den anderen. Ich fügte mich.

Foto: Freund Klaus

70

II. Wer oder was hat Tante Usch gebissen?

Wo wir gerade beim Thema Busfahrten sind, fällt mir noch eine andere schreckliche Busfahrt ein, nämlich eine fünftägige Fahrt von Istanbul in die Osttürkei Richtung Persien.

Unser Busfahrer (ohne den zweiten Mann) hatte es nicht so mit dem Schlaf, entweder konnte er nicht oder er wollte nicht. Allmählich machten wir uns große Sorgen.

Was wir auch taten, was wir auch sagten, er wollte nicht s c h l a f e n.

Ich weiß nicht mehr, wie lange wir schon mit ihm gefahren waren, wir mussten jedenfalls einen Entschluss fassen, wenn wir nicht unser Leben riskieren wollten. Es wurde jeweils eine kleine Delegation ausgewählt, die direkt hinter ihm stand, ihn an den Schultern festhielt und aufpasste, dass er nicht plötzlich vor Müdigkeit und Konzentrationsschwäche umfiele und wir von der Straße abkämen. Manchmal haben wir auch gesungen, um ihn wach zu halten. Gelegentlich brachten wir ihn auch dazu, eine Pause zu machen. Dabei sackte er einmal am Straßenrand in einen plötzlichen Kurzschlaf, sodass wir eine Flasche mit Wasser über seinem Kopf ausschütten mussten, um ihn wieder wach zu kriegen.

In der einsamen Gegend der Osttürkei machten wir dann bei beginnender Dämmerung eine verhängnisvolle Pause. Tante Usch setzte sich, wie manch anderer auch, auf den kargen und steinigen Erdboden mit etwas Distelbepflanzung und vertrocknetem Gras.

Plötzlich schrie Tante Usch laut auf. Sie war von einem Tier heftig gebissen worden, das sie in der Dunkelheit nicht richtig hatte erkennen können. Einige Mitreisende munkelten gleich: »Das kann nur ein Skorpion gewesen sein, die gibt es hier zuhauf.« Nicht sehr ermutigend. In etwas gedrückter Stimmung fuhren wir weiter.

Plötzlich hörte ich aus dem hinteren Teil des Busses Tante Uschs ängstliches Stimmchen (weshalb wir damals nicht nebeneinander gesessen haben, weiß ich nicht mehr): »Bitte, Moni, komm zu mir.« So ängstlich hatte ich sie vorher noch nie erlebt. Ich ging also zu ihr und setzte mich neben sie. Sie sagte mit flehendem Blick: »Moni, ich fühle schon, wie mir die Beine absterben, ich glaube jetzt auch, dass ich von einem Skorpion gebissen worden bin.«

Die Sorgen von Tante Usch machten rasch die Runde. Also musste der Busfahrer in der nächsten Ortschaft ein Krankenhaus anfahren. Ergebnis: Die Beine von Tante Usch waren nur eingeschlafen. Der Biss war ungefährlich. Vor Erleichterung haben wir dann alle gelacht.

Die Busfahrt von Istanbul nach Ostanatolien habe ich übrigens landschaftlich eher als langweilig in Erinnerung, die Fahrstraßen auf der Hochebene Anatoliens bis hin zur Transferstraße nach Persien waren meist eher eintönig und ohne besondere Höhepunkte. Die kulturellen Schätze und die teilweise herrlichen Gebirgslandschaften (z.B. Kappadokien) haben wir dann auf einer anderen Reise kennengelernt.

12. Der arme Türke aus Damaskus

Gelegentlich kann man sich ja vielleicht wirklich über einen Türken ärgern (und sei es nur Erdogan), dann muss ich aber an eine traurige und herzzerreißende Geschichte denken, die Tante Usch und mir in Damaskus erzählt wurde.

In Damaskus stürzte eines Tages in einem Restaurant ein älterer Türke auf uns zu. Wir waren die einzigen deutschen Frauen im Restaurant. Er wollte uns unbedingt seine schreckliche Lebensgeschichte erzählen, die sich jahrzehntelang in Deutschland zugetragen hatte. Es sprudelte nur so aus ihm heraus. Tante Usch, die mitleidige Seele, hörte sich aufmerksam alles an, sie war bei Leidensgeschichten sowieso immer eine gute Zuhörerin, aber auch ich war von seinen Erzählungen ergriffen, wenn nicht entsetzt.

Wie er erzählte, hatte er über 20 Jahre lang illegal in Köln mit seiner deutschen Freundin gelebt. Er führte mit ihr zusammen ein Lebensmittelgeschäft unter ihrem Namen. Sein Leben bestand fast nur aus Schufterei für dieses Geschäft. Eines Tages aber hatte seine deutsche Freundin ihn leid. Sie wollte ihn gerne loswerden. Sie zeigte bei der Polizei an, dass er illegal in Deutschland leben und ein Geschäft betreiben würde. Ihr neuer Freund schlug ihn schließlich nieder und schlug ihm alle Zähne aus. Schließlich floh er ohne Hab und Gut, schwer verletzt und ohne Zähne zurück in die Türkei, in seine Heimatstadt.

Es war die Schande seines Lebens! Ohne Zähne! Das war beinahe das Schlimmste für ihn! Und ohne einen Penny in die Türkei zurückkehren zu müssen. Er war von seinem eigenen Leid so ergriffen, dass er diesen Teil der Geschichte immer wieder voller Schrecken wiederholte.

»So kann es einem in der Fremde ergehen«, bedeutete er uns sehr eindringlich. Die Schande war für ihn so groß, dass er die Türkei bald darauf wieder verlassen (!) und sich auf den Weg nach Syrien gemacht hat. Dort hat er im Übrigen als Maler eine gewisse Berühmtheit erlangt; wir konnten seine ausgestellten Bilder in einem Museum bewundern.

13. I am a bird

Auf unserer Rückreise von Indien (über Pakistan, Afghanistan und Persien) nach Deutschland, d.h. zunächst mal nach Ankara und Istanbul, waren wir in einem kleinen Städtchen in der Osttürkei gelandet. Der Name dieses Städtchens ist mir leider entfallen. Auf dem Foto unten bin ich allerdings mit mehreren Türken an einer Ausfahrt dieses Städtchens zu sehen.

Nach unseren trüben Erfahrungen mit Bussen in der Türkei beschlossen wir per Anhalter schnellstmöglich erst mal nach Ankara zu kommen. Ein netter türkischer Beamter hatte uns schon etliche Kilometer Richtung Ankara in seinem Auto mitgenommen, als wir plötzlich von mehreren Polizeiwagen verfolgt, unser Wagen gestoppt und wir zur Umkehr gezwungen wurden. Angeblich hatte die Stadtverwaltung beschlossen, dass unsere Reise per Anhalter verhindert werden müsse. Der türkische Beamte, der uns mitgenommen hatte, musste fast weinen, der Angstschweiß stand ihm auf der Stirn. »Ich bin doch Beamter, was wird jetzt aus mir«, murmelte er verzweifelt. Wir mussten unwillkürlich lachen.

Zurück in der Kleinstadt wurden wir zunächst für zwei Tage/Nächte in ein total leeres »Männerheim« gesteckt. Nicht schlecht. Dann kamen wir leider in ein Mädchenpensionat. Dort waren ca. 60 Mädchen/Frauen in einem Schlafsaal nachts untergebracht, quasi eingepfercht würden wir sagen. Zwei Betten waren offenbar gerade noch für uns frei.

Immerhin wollte die Stadtverwaltung uns den Aufenthalt insofern versüßen, als sie uns als Eskorte zwei junge Männer schickte, die uns immer begleiten und uns durch die

Stadt führen sollten. Beide nicht sonderlich gut aussehend und auch nicht besonders helle. Vorsicht war hier vermutlich die Mutter der Porzellankiste, dachten wir zumindest. Möglicherweise wollte die türkische Verwaltung gar nicht erst ein »Gemuddel« mit deutschen Frauen riskieren, indem sie uns attraktive Männer geschickt hätte.

Zunächst war alles sehr nett, wir bekamen viel zu sehen (Moschee usw.), schließlich saßen wir auch zusammen im Park und schwätzten. Dann fing der eine, wir wollen ihn mal Mr Bird nennen, an aus heiterem Himmel Mätzchen zu machen: »I am a bird« (mit türkischem Akzent). Dabei breitete er die Arme aus, als hätte er Flügel. Dies wiederholte er ständig, wenigstens blieb er dabei lustig.

Kurze Zeit später fing der zweite junge Mann, mit Namen Eshder (oder so ähnlich), an: »I am so unhappy« (mit türkischem Akzent). Wir: »Why are you so unhappy, Eshder?« (auch mit türkischem Akzent). Er: »Because you are leaving.« Nach einer Pause: »I am so unhappy.« »Why are you so unhappy?« und so weiter. Irgendwie komisch das Ganze. Leider steigerte sich Eshder allmählich in ein tiefes Unglück hinein und konnte sich schließlich gar nicht mehr beruhigen. Wir konnten uns diese Gemütsverfassung nur so erklären, dass junge Männer in der Osttürkei zur damaligen Zeit nur selten mit jungen Frauen, zumal aus Deutschland, für längere Zeit in Kontakt kamen, sodass sie, wenn sich hierzu die Gelegenheit bot, Gefahr liefen, sich gleich Hals über Kopf in ein tiefes Gefühlschaos oder Liebesunglück zu stürzen. Oder so etwas Ähnliches.

Jedenfalls: kultureller Unterschied, in unseren Breitengraden kaum möglich. Dennoch: armer Eshder.

Im Schlafsaal der 60 Mädchen/Frauen, nur mit Betten ausgestattet, ohne Tische und Schränke, löste Tante Usch dann noch ein kleines Drama aus. Mitten im Saal saß eine

76

junge Braut auf ihrem Bett, in den nächsten Tagen sollte sie heiraten. Sie zeigte stolz ein Foto von ihrem Bräutigam herum. »He is so beautiful« (Geschmackssache). Sie strahlte vor Glück. Sie hatte ihn noch nie persönlich gesehen (vielleicht auch besser so?).

Um sie herum saß eine Traube junger Frauen/Mädchen und schaute bewundernd zu ihr auf, ohne erkennbaren Neid, meine ich, vermutlich dachten sie, dass eines Tages auch zu ihnen der Märchenprinz kommen würde und sie aus dem schrecklichen Schlafsaal und den schrecklichen Lebensumständen (vielleicht ja auch nur aus unserer Sicht?) befreien würde.

Plötzlich sah die Braut den Büstenhalter von Tante Usch. Sie sagte: »Bitte, bitte verkaufe mir den Büstenhalter für meine Hochzeitsnacht.« Tante Usch sagte zunächst: »Ja, für 20,– DM.« Als die Braut die Hand danach ausstreckte, sagte Tante Usch plötzlich, auch für mich völlig unerwartet: »Nein, das ist viel zu billig.« Wir waren alle erstaunt, in der Türkei kennt man eigentlich nur, dass man beim Handeln mit dem Preis runtergeht, nicht rauf. Aber Tante Usch blieb unerbittlich. Gelegentlich konnte sie recht verschlossen sein. Sie blieb auch mir gegenüber ohne Kommentar.

Jule mit einigen staunenden Türken (Osttürkei)

Jule per Anhalter durch die Wüste

14. Hat Tante Usch die Krokodile wirklich nicht gesehen?

Tante Usch und ich haben einige Wochen in Kenia (Afrika) verbracht.

Eines schönen Tages unternahmen wir eine Bootsfahrt auf dem Tana-Fluss in Kenia. Gemächlich sind wir den Fluss so vor uns hin geschippert. Ich, wie so oft in der warmen Mittagssonne, schläfrig und vor mich hin dösend. Aber ich war nicht die einzige, die vor sich hin träumte. Plötzlich sah ich nämlich am Ufer unter dem Laubwerk und der grünen Pflanzenwelt einige kleine und größere Krokodile.

Wenn ich mich auch an die Einzelheiten dieses Ausflugs nicht mehr so genau erinnern kann – war es ein Ruderboot, ein Motorboot? Waren wir drei oder vier Personen? Die dunklen Augen der Krokodile sehe ich jedenfalls heute noch deutlich vor mir. Es schien mir, als ob sie uns aufmerksam aus dem Augenwinkel heraus beobachtet hätten, wenngleich unbeweglich und schläfrig.

Plötzlich stockte unsere Bootsfahrt. Offenbar war das Boot auf einer Sandbank stecken geblieben. Es ging weder vorwärts noch rückwärts.

Tante Usch wie immer couragiert und verantwortungsbewusst. Sie sprang plötzlich mutig ins relativ flache Wasser und bemühte sich unser Schiff aus der Sandbank zu befreien. Mir blieb das Herz stehen. Ich wollte schreien, aber die Stimme versagte mir. Ich hatte auch große Angst, ich könnte mit meinen Schreien die Krokodile anlocken.

Es dauerte und dauerte – es schien mir wie eine Ewigkeit. Tante Usch bekam das Boot einfach nicht frei. Mit ruhigen

Bewegungen und aller Kraft stemmte sie sich immer wieder gegen das Boot. Die Verzweiflung in mir wuchs und wuchs, ebenso die Anspannung und Nervosität. Der Angstschweiß trat mir auf die Stirn. Als ich schon alle Hoffnung aufgegeben hatte, löste sich das Boot doch noch mit einem Ruck aus der Sandbank – zu meiner großen Erleichterung.

Entgegen allen Erwartungen hatte Tante Usch jetzt aber immer noch keine große Eile. Gemächlich kletterte sie schließlich wieder zurück ins Boot.

Hatte sie wirklich die Krokodile nicht gesehen, wie sie später behauptete? Hat sie die Gefahr nicht erkannt?

Waren die Tierleiber wirklich Nilpferde im Tana-Fluss

Trotz dieses nicht gerade erbaulichen Erlebnisses haben wir einige Tage später noch mal eine Bootsfahrt auf dem Tana-Fluss unternommen. Es war eine sehr ruhige Bootsfahrt, die Welt um uns schien beinahe stillzustehen. Plötzlich erhob sich zu unserem Schreck mit einem Ruck ein Rudel Tierleiber (Nilpferde?) rechts von uns aus dem Fluss. Wir glaubten unseren Augen nicht zu trauen.

Nur mit Mühe und Not konnten wir dieses Rudel von Tieren umschiffen, ohne zu kentern. Obwohl ich dieses Ereignis noch genau vor mir sehe, habe ich gelegentlich gedacht, das kann doch einfach nicht wahr gewesen sein.

Usch und das Krokodil aus der Sicht der Enkelkinder

Ein echtes Krokodil (im Hintergrund Freund Klaus)

15. Die Göttin des Rio Beni – Phantasie oder Wirklichkeit?

Der erste Film, den ich in meinem Leben gesehen habe, hieß: »Die Göttin des Rio Beni«.

In der Nachkriegszeit nach dem Zweiten Weltkrieg waren unsere Mütter häufig hamstern, um auf dem Lande, d.h.in den Vororten außerhalb von Berlin, Lebensmittel, z.B. Kartoffeln und Gemüse, für die Familienangehörigen zu organisieren. In der Zeit musste mein zehn Jahre älterer Cousin Egon (damals etwa 16 Jahre alt) oft auf mich aufpassen und ging dann mit mir der Einfachheit halber ins Kino Sylvia in Schöneberg.

So beispielsweise in den Film »Die Göttin des Rio Beni«. Der Film, die wilde Landschaft, der undurchdringliche Urwald, der breite Strom, die Suche nach einer kleinen Figur aus purem Gold haben mich tief beeindruckt und einen bleibenden Eindruck in mir hinterlassen. Daraus wurde später der sehnsuchtsvolle Reisewunsch: Einmal zum Amazonas. Der Rio Beni war allerdings nur ein Nebenfluss des Amazonas. Das wusste ich aber lange Zeit nicht.

Diesen Traum teilte glücklicherweise später auch die Tante Usch mit mir. Also setzten wir uns eines Tages ins Flugzeug nach Brasilien auf dem Weg zum Amazonas. Leider kam dann aber doch alles ganz anders. Und das geschah so.

Wir saßen also im Flugzeug nach Brasilien. Ich guckte aus dem Fenster. Da sah ich, wie ein zweites Flugzeug direkt auf uns zuflog. Ich hielt vor Schreck und Panik den Atem an. Unser Flugzeug bekam dann doch noch in letzter Sekunde die Kurve, sodass das entgegenkommende Flugzeug lediglich dicht an unserem linken Flügel vorbeiraste. Danach saß mir der Schreck noch lange in den Knochen.

Da sagte plötzlich Tante Usch: »Ich würde gerne mal erleben wollen, wie das wäre, wenn wir mit dem Flugzeug abstürzten.« Ich glaubte meinen Ohren nicht zu trauen. Und im gleichen Atemzug: »Wenn wir dann am Amazonas angekommen sind, mieten wir uns gleich ein Paddelboot und paddeln den Amazonas runter.«

Ich stand noch leicht unter Schock. Da tauchten gleich wieder neue schreckliche Bilder vor meinen Augen auf. Tante Usch mit mir im Paddelboot auf dem Amazonas. Sie lässt munter ihre Beine im Wasser baumeln. Da schießen plötzlich hunderte Piranhas auf sie zu, beißen sich in ihren Beinen fest und nagen sie bis auf die Knochen ab. Ich sitze mit einer Schwerstkranken im Boot, um uns totale Einsamkeit, kein Dorf, kein anderes Schiff, ohne jegliche Hilfe. Die hellste Verzweiflung in mir.

Da machte es in meinem Kopf automatisch Klick und damit war der Amazonas für mich in unserem Reiseprogramm gestrichen.

Die Vorstellung Tante Usch mit baumelnden Beinen im Amazonas, ein Schwarm von Piranhas rund um sie herum, Tante Usch in Todesgefahr, hat mich allerding auch später noch immer wieder heimgesucht. Ich habe die Geschichte auch so oft erzählt, dass ich am Ende selbst hätte glauben können, wir wären tatsächlich am Amazonas gewesen.

Ich sehe alles so lebhaft und plastisch vor mir, dass die Geschichte – wenngleich auf eine andere Weise – auch tatsächlich zu einer Art von Realität für mich wurde, die sich kaum von echten Erlebnissen unterscheidet. Aber Achtung: Piranhas gibt es auch in anderen Flüssen; den Rio Beni gibt es auch in Peru, wo wir ihn erleben konnten. Nur ob es die Göttin des Rio Beni als Person und als Figur aus

84

Gold wirklich gegeben hat? War es nur Phantasie oder tatsächlich vergangene Wirklichkeit?

16. Der arme Deleu aus Bahia

Deleu (seinen vollständigen Namen kannte ich nicht), ein Stadtplaner aus Bahia, war mal einige Zeit in Stuttgart im Stadtplanungsamt als Praktikant beschäftigt, wo auch Tante Usch tätig war. So lernten sie sich kennen. Vor seiner Rückkehr lud er Tante Usch herzlich nach Bahia ein.

Also machten wir uns Ende der 70er Jahre (um 1978 herum) auf unserer Reise durch Brasilien auf den Weg zu ihm nach Bahia. Es war eine sehr nette Zeit mit ihm. Er kochte viel für uns. Sein Lieblingsgericht war Feijoada, ein Eintopf aus Bohnen, verschiedenen Fleischsorten, Reis u.a. Davon konnten wir gleich mehrere Tage leben.

Ansonsten fuhren wir auch mal mit ihm ans Meer (Südatlantik), um zu wandern und zu baden. Wenn uns die Füße wehtaten, war er sogar bereit sie »stundenlang«, tatsächlich aber wohl maximal nur jeweils 20 bis 30 Minuten lang, zu massieren und zu kitzeln. Das mochten Tante Usch und ich besonders gern. Wenn wir auf unseren Reisen am Abend sehr erschöpft waren, haben wir uns mit Münzen gerne gegenseitig die strapazierten Füße gekitzelt.

Er erfüllte auch den Wunsch von Tante Usch, der ihrer ausgeprägten sozialen Ader geschuldet war, und führte uns in die Armenviertel von Bahia. Dort wohnten die Menschen vielfach in einer Art von Holzverschlägen, hatten kaum Kleidung und meist zu wenig zu essen. Er erläuterte uns ausführlich die Hintergründe der Armut und der sozialen Probleme in Bahia.

Vor unserer Abreise gab er ein rauschendes Abschiedsfest. Wir waren leicht irritiert, dass so viele junge Männer eingeladen waren, die alle viel Schmuck trugen und auch

86

ziemlich geschminkt waren. Auch Deleu war kaum noch wiederzuerkennen, um seinen Hals hingen viele bunte Ketten, an den Fingern trug er viele Ringe aus Gold und Silber. Alles in allem war es aber doch sehr lustig.

Kurz nach unserer Abreise wurde er tot aufgefunden. Tante Usch erfuhr, dass er ermordet worden war. Die Hintergründe seines Todes konnten aber nie aufgeklärt werden. Angesichts der hohen Kriminalitätsrate, über die Deleu berichtet hatte, vielleicht auch sehr schwierig und nicht übermäßig verwunderlich. Angesichts des Personalmangels bei Polizei und Verwaltung und der mysteriösen Umstände seiner Ermordung war vielleicht auch der Wille zur Aufklärung nicht sonderlich ausgeprägt.

17. Einmal den Rio Branco sehen ... (»und dann sterben«)

Die Fahrt zum Amazonas war ja nun unwiederbringlich gestrichen. Leider oder gottlob. Aber die Sehnsucht nach einem wilden Fluss im Urwald war immer geblieben. Also entschieden wir, dass wir es ja auch mal mit einem anderen Fluss versuchen könnten. Wir wählten hierfür den Rio São Francisco aus, oberhalb der Stadt Belo Horizonte. Von Rio de Janeiro aus, wo wir bei meiner Cousine Marianne wohnten, war er höchstens halb so weit entfernt wie der Amazonas, und von der Vegetation und Tierwelt her gesehen vermutlich auch nur halb so gefährlich.

Ich mach es also kurz: Der Rio São Francisco war dort, wo wir ihn erreichten, angesichts unserer unermesslichen Erwartungen eine riesige Enttäuschung. Ein nichtssagender grauer Fluss, in einer nichtssagenden graubraunen Landschaft.

Wir sind dann gleich wieder umgekehrt in Richtung Rio de Janeiro. Aber nach einigen mehr oder weniger ereignislosen Tagen in Rio de Janeiro überkam und packte es uns wieder. Die Sehnsucht nach einem wilden Fluss im Urwald war geblieben und nicht zu bändigen. Sozusagen in einem zweiten Anlauf brachen wir schließlich in Richtung Rio Branco auf.

Nach einigen Irrfahrten nahm uns schließlich ein nettes älteres Ehepaar in seinem Volkswagen mit in Richtung Rio Branco. Aber bereits an der ersten Weggabelung, die direkt zum Rio Branco führte, stiegen wir aus dem PKW aus und verließen das mittlerweile doch sehr um uns besorgte Ehepaar. Eine Fahrt in die nächste größere Ortschaft, wohin uns das Ehepaar mitnehmen wollte, hätte uns weitab von unserem Ziel Rio Branco geführt.

Dennoch war unsere Entscheidung nicht ohne, d.h. durchaus bedenklich, wie wir bald feststellten, denn dort, wo wir ausgestiegen waren, gab es weder Bus noch Zug, die Gegend war total einsam, kein Haus, kein Gebäude weit und breit, kein Mensch, kein Baum – höchstens einige vertrocknete Grashalme. Auch keine sichtbaren Tiere. Jedenfalls keine lebendigen.

Als wir in der glühenden Hitze so eine halbe Stunde vor uns hin gewandert waren, lag vor uns mitten auf der Landstraße ein großes totes Pferd. Da konnte einem schon etwas mulmig werden. Wir wanderten noch etwa eine weitere Stunde so weiter vor uns hin. Schließlich legten wir uns leicht erschöpft an den Straßenrand und harrten der Dinge. Immer in der Hoffnung, dass sich ein Mensch mal blicken ließe oder ein Auto an uns vorbeiführe. Dass eine Gegend in der Nähe eines großen Flusses derart einsam und verlassen sein konnte, hatten wir uns nicht vorstellen können.

Eine Stunde nach der anderen verging: eine, zwei, drei, vier, fünf Stunden, nicht zu fassen. Endlich nach fünf Stunden zeigte sich ein Lastwagen am Horizont. Die beiden Lastwagenfahrer waren auch bereit uns zum Rio Branco mitzunehmen. Sie boten uns sogar an, vorne in die Fahrerkabine einzusteigen und dort zu sitzen. Wir bedankten uns ob dieser scheinbaren Freundlichkeit, zogen es aber dennoch vor, uns auf den offenen Anhänger zu schwingen, auf dem etwas harten und rumpelnden Boden zu sitzen und den leichten Fahrtwind über Gesicht und Haar während der Fahrt streifen zu lassen.

Nach gut einer Stunde erreichten wir schließlich den Rio

Branco. Ich sehe ihn noch ganz klar vor mir. Ein sehr imposanter breiter Fluss, das Wasser hatte sich weit über den Uferrand hinaus ausgebreitet und Landschaft und Pflanzenwelt links und rechts überflutet und um- bzw. durchspült.

Die angrenzenden Bäume standen meterhoch unter Wasser. Die Farbe des Wassers war gelbbraun, undurchsichtig und an den Rändern irgendwie modrig. Alles wirkte etwas gruselig auf mich.

Einer der beiden Lastwagenfahrer bot uns an, den Wagen anzuhalten, eine Fahrtpause einzulegen, damit wir Fluss und Landschaft in Ruhe hätten betrachten können. Vielleicht hätten wir dann sogar mit den Füßen im Wasser planschen oder nach Piranhas Ausschau halten können, nachdem wir ja nun eh schon auf meinen Wunsch hin auf die Reise zum Amazonas verzichtet hatten. Aber selbst Tante Usch, die immer so mutige, verzichtete lieber auf diese Möglichkeiten, obwohl sie im Großen und Ganzen keinen besorgten Eindruck machte.

Anders erging es mir. Plötzlich überkam mich eine heiße Psycho-Panikattacke, die durch den Anblick des eher gemächlich dahinfließenden und eher harmlos wirkenden Flusses, abgesehen von seiner gelben, undurchsichtigen Farbe, eigentlich nicht hätte ausgelöst werden können. Die Wucht meiner Psycho-Angst, die mir Herz und Kopf überschwemmte, hing möglicherweise mit Nachkriegserlebnissen früher Kindheit zusammen und vielleicht auch mit den verwegenen Gestalten der Lastwagenfahrer. Es überkam mich jedenfalls plötzlich siedend heiß und ich fürchtete, man könnte uns glatt in diesem Fluss ersäufen. Niemand würde je davon erfahren, niemand wüsste, was aus uns geworden ist. Ich brauchte eine ganze Weile, um mich wieder zu beruhigen. Erst nach längerer Weiterfahrt mit dem

90

Lastwagen kamen wir endlich in einer kleinen Ortschaft an, irgendwo am Ende der Zivilisation, wie uns schien.

Aber immerhin! Wir bedankten uns bei unseren Rettern in der Not und stürzten uns gleich in das offenbar einzige Restaurant am Ort. Der Blick auf die Gäste machte auf uns allerdings einen reichlich zwielichtigen Eindruck. Kaum hatten wir einen freien Tisch gefunden, beäugte mich ein mindestens 80 bis 90 Jahre altes Männchen mit zerknittertem Gesicht und in einer Uniform, die aus dem Zweiten Weltkrieg hätte stammen können. Als er auch noch anfing, mich mit dem rechten Auge anzuknibbeln, musste ich lachen. Ich steigerte mich in lautes Prusten, als er mit der Knibbelei und dem Augenzucken nicht mehr aufhörte. Merke: Es ging mir mittlerweile wieder auffallend besser!!

Der Höhepunkt war allerdings erreicht, als ein junger fescher Bursche auf Tante Usch zutrat und ihr eindeutige Avancen auf Portugiesisch oder Englisch machte. Tante Usch war ja gelegentlich wirklich irgendwie naiv und gutgläubig; auf jeden Fall jederzeit und in jeder Situation immer brav und wohlerzogen. Ganz vornehm sagte sie, vermutlich auf Englisch: »Ich habe Sie nicht richtig verstanden, könnten Sie das bitte wiederholen.« Da war es um mich vollständig geschehen. Ich musste so lachen, dass ich beinahe vom Stuhl gefallen wäre.

Festzuhalten ist: Die Fahrt zum Rio Branco hat Tante Usch und mich verändert. So komisch es klingen mag: Der Rio Branco bedeutete für uns neue Kraft und Genugtuung. Der Gedanke an ihn erfüllte uns auch mit Stolz und Freude und auch mit tiefer Zuneigung, wenn man so etwas über einen Fluss sagen kann.

Jedenfalls: Wir waren nach der Fahrt zum Rio Branco viel selbstbewusster und sicherer in unserem Auftreten trotz sprachlicher Schwierigkeiten, kaum ein Mensch

91

sprach fließend Englisch, Französisch oder Deutsch, wir kaum Portugiesisch. Dennoch fühlten wir uns nun schon recht vertraut in diesem fremden Land.

Wir hatten das gesteckte Ziel erfolgreich erreicht, einige große Gefahrenmomente erfolgreich bewältigt.

Nachtrag: Das neue Selbstbewusstsein bestärkte uns von jetzt an in vielen Alltagssituationen in Brasilien. Beispiel: In einem Lokal in Rio de Janeiro versuchte man uns durch überhöhte Preise zu linken. Tante Usch stand langsam in voller Größe auf, sodass alle Gäste es mitbekommen mussten, winkte den Kellner unerbittlich zu sich heran, zeigte mit dem Finger auf unsere Rechnung und auf die entsprechenden Positionen auf der Speisekarte, zog die Situation bewusst in die Länge und wartete, bis der Kellner kleinlaut die Rechnung korrigierte.

**Im Paddelboot auf dem Amazonas
aus der Sicht der Enkelkinder**

Nachwort

Tante Usch ist 2017 von uns gegangen, nach schwerer Erkrankung und plötzlichem Tod.

Weder sie noch ich konnten fassen, dass ausgerechnet sie plötzlich von einer unheilbaren Krankheit überfallen wurde. Sie war immer fest davon überzeugt, sie müsste immer nur gesundheitsbewusst leben, sich gesund ernähren, viel Sport treiben, dann könnte ihr auch nicht viel passieren. Und in der Tat, sie war ihr Leben lang so gut wie nie krank, sehr stark, immer ausgeglichen und diszipliniert.

Umso mehr traf es sie, dass sie trotz schier unendlicher kämpferischer Bemühungen nicht gegen die unheilbare Erkrankung und den Tod ankam. In ihrem Schmerz und ihrer Verzweiflung hat sie die meisten Kontakte zu Freundinnen/Freunden und Bekannten, auch zu mir, abgebrochen. Sie ging nicht mehr ans Telefon – sie lebte in Stuttgart, ich in Bonn –, machte die Tür zu ihrer Stuttgarter Wohnung nicht mehr auf, um sich vom Leben zurückzuziehen, vielleicht auch aus körperlicher Schwäche.

Ich konnte ihr nicht mehr sagen, wie viel sie mir bedeutet hat. Sie hat sich total abgekapselt, der Schmerz über den nahenden Tod hat alles überlagert. Allerdings war sie ihr Leben lang gefühlsmäßig sehr zurückhaltend und verschlossen, vielleicht weil sie in ihrer Jugend viele Jahre lang in einer Pflegefamilie gelebt hat und immer Angst vor Enttäuschungen hatte, wie sie selber mal eingestanden hat. Angesichts ihres unwiderruflichen Todes war ich innerlich gelähmt vor Kummer.

Dass ich ihr nicht helfen konnte, ihr nicht sagen konnte, wie entsetzt ich war, ließ auch mich verzweifeln. Ihre Freun-

94

din Dagmar, Ärztin und Entwicklungshelferin in Kenia, versuchte mich zu trösten, indem sie sagte, wie schrecklich es auch für sie als Ärztin immer war, dass sie in Kenia so viel Leid erlebt hat und viele Menschen, vor allem auch Kinder, hat sterben sehen, ohne dass sie helfen konnte. Wir haben es einmal sogar in Kenia miterlebt.

Obwohl meine Gefühle unsinnig sind, hatte ich in der Zeit vor ihrem Tod immer irgendwie das Gefühl des Versagens als Freundin. Wieso konnte ich sie nicht noch mal sprechen und treffen und ihr helfen oder etwas für sie tun? Obwohl mich das Schicksal noch einmal ganz in ihre Nähe geführt hatte, kurz vor ihrem Tod. Sie war am Wannsee in Berlin in einem Hospiz zum Sterben untergebracht. Davon wusste ich nichts. Sie hatte immer gesagt, dass sie sich eines Tages ein Hospiz in Stuttgart aussuchen würde. Dann muss aber alles sehr rasch gekommen sein. Die Überforderung für ihre Berliner Verwandten und für sie war durch die Ankündigung ihres nahen Todes vermutlich so groß, dass niemand daran dachte, mir noch Bescheid zu geben.

In den letzten Tagen vor ihrem Tod wohnte ich bei meiner Freundin Gabriele direkt gegenüber ihrem Hospiz am Wannsee. Wieso hat mich das Schicksal vor ihrem Tod so nah zu ihr geführt, ohne dass wir uns noch mal gesehen haben? In frühen Jahren habe ich sie auch immer unter den schwierigsten Bedingungen, z.B. in Istanbul, wiedergefunden. Durch eine Verknüpfung widriger Umstände war das Schicksal in den letzten Tagen ihres Lebens gegen mich und gegen uns.

Deshalb habe ich mich hingesetzt und meine Erinnerungen an sie und unsere gemeinsamen Abenteuerreisen, die mir immer so viel bedeutet haben, aufgeschrieben. Um ihr in Gedanken noch einmal so nah zu sein wie in früheren Jahren auf unseren gemeinsamen Reisen.